UN CRIME
EN HOLLANDE

OUVRAGES DE GEORGES SIMENON

AUX PRESSES DE LA CITÉ

COLLECTION MAIGRET

Mon ami Maigret
Maigret chez le coroner
Maigret et la vieille dame
L'amie de Mme Maigret
Maigret et les petits cochons sans queue
Un Noël de Maigret
Maigret au « Picratt's »
Maigret en meublé
Maigret, Lognon et les gangsters
Le revolver de Maigret
Maigret et l'homme du banc
Maigret a peur
Maigret se trompe
Maigret à l'école
Maigret et la jeune morte
Maigret chez le ministre
Maigret et le corps sans tête
Maigret tend un piège
Un échec de Maigret

Maigret s'amuse
Maigret à New York
La pipe de Maigret et Maigret se fâche
Maigret et l'inspecteur Malgracieux
Maigret et son mort
Les vacances de Maigret
Les Mémoires de Maigret
Maigret et la Grande Perche
La première enquête de Maigret
Maigret voyage
Les scrupules de Maigret
Maigret et les témoins récalcitrants
Maigret aux Assises
Une confidence de Maigret
Maigret et les vieillards
Maigret et le voleur paresseux

Maigret et les braves gens
Maigret et le client du samedi
Maigret et le clochard
La colère de Maigret
Maigret et le fantôme
Maigret se défend
La patience de Maigret
Maigret et l'affaire Nahour
Le voleur de Maigret
Maigret à Vichy
Maigret hésite
L'ami d'enfance de Maigret
Maigret et le tueur
Maigret et le marchand de vin
La folle de Maigret
Maigret et l'homme tout seul
Maigret et l'indicateur
Maigret et Monsieur Charles
Les enquêtes du commissaire Maigret (2 volumes)

ROMANS

Je me souviens
Trois chambres à Manhattan
Au bout du rouleau
Lettre à mon juge
Pedigree
La neige était sale
Le fond de la bouteille
Le destin des Malou
Les fantômes du chapelier
La jument perdue
Les quatre jours du pauvre homme
Un nouveau dans la ville
L'enterrement de Monsieur Bouvet
Les volets verts
Tante Jeanne
Le temps d'Anaïs
Une vie comme neuve
Marie qui louche
La mort de Belle
La fenêtre des Rouet
Le petit homme d'Arkhangelsk

La fuite de Monsieur Monde
Le passager clandestin
Les frères Rio
Antoine et Julie
L'escalier de fer
Feux rouges
Crime impuni
L'horloger d'Everton
Le grand Bob
Les témoins
La boule noire
Les complices
En cas de malheur
Le fils
Le nègre
Strip-tease
Le président
Dimanche
La vieille
Le passage de la ligne
Le veuf
L'ours en peluche
Betty
Le train

La porte
Les autres
Les anneaux de Bicêtre
La rue aux trois poussins
La chambre bleue
L'homme au petit chien
Le petit saint
Le train de Venise
Le confessionnal
La mort d'Auguste
Le chat
Le déménagement
La main
La prison
Il y a encore des noisetiers
Novembre
Quand j'étais vieux
Le riche homme
La disparition d'Odile
La cage de verre
Les innocents

MÉMOIRES

Lettre à ma mère
Un homme comme un autre
Des traces de pas
Les petits hommes
Vent du nord vent du sud
Un banc au soleil
De la cave au grenier

A l'abri de notre arbre
Tant que je suis vivant
Vacances obligatoires
La main dans la main
Au-delà de ma porte-fenêtre
Je suis resté un enfant de chœur

Point-virgule
A quoi bon jurer ?
Le prix d'un homme
On dit que j'ai soixante-quinze ans
Quand vient le froid
Mémoires intimes

GEORGES SIMENON

LE COMMISSAIRE MAIGRET

UN CRIME
EN HOLLANDE

PRESSES POCKET

1

LA JEUNE FILLE A LA VACHE

QUAND Maigret arriva à Delfzijl, un après-midi de mai, il n'avait sur l'affaire qui l'appelait dans cette petite ville plantée à l'extrême nord de la Hollande que des notions élémentaires.

Un certain Jean Duclos, professeur à l'université de Nancy, faisait une tournée de conférences dans les pays du Nord. A Delfzijl, il était l'hôte d'un professeur à l'École navale, M. Popinga. Or, M. Popinga était assassiné et, si l'on n'accusait pas formellement le professeur français, on le priait néanmoins de ne pas quitter la ville et de se tenir à la disposition des autorités néerlandaises.

C'était tout, ou à peu près. Jean Duclos avait alerté l'université de Nancy, qui avait obtenu qu'un membre de la Police judiciaire fût envoyé en mission à Delfzijl.

La tâche incombait à Maigret. Tâche plus officieuse qu'officielle et qu'il avait rendue moins officielle encore en omettant d'avertir ses collègues hollandais de son arrivée.

Par les soins de Jean Duclos, il avait reçu un

rapport assez confus, suivi d'une liste des noms de ceux qui étaient mêlés de près ou de loin à cette histoire.

Ce fut cette liste qu'il consulta un peu avant d'arriver en gare de Delfzijl.

Conrad Popinga (la victime), quarante-deux ans, ancien capitaine au long cours, professeur à l'École navale de Delfzijl. Marié. Pas d'enfant. Parlait couramment l'anglais et l'allemand et assez bien le français.

Liesbeth Popinga, sa femme, fille d'un directeur de lycée d'Amsterdam. Très cultivée. Connaissance approfondie du français.

Any Van Elst, sœur cadette de Liesbeth Popinga, en séjour de quelques semaines à Delfzijl. Récemment passé sa thèse de docteur en droit. Vingt-cinq ans. Comprend un peu le français mais le parle mal.

Famille Wienands, habite la villa voisine des Popinga. Carl Wienands est professeur de mathématiques à l'École navale. Femme et deux enfants. Aucune connaissance du français.

Beetje Liewens, dix-huit ans, fille d'un fermier spécialisé dans l'exportation des vaches de race pure. Deux séjours à Paris. Français parfait.

***

C'était sans éloquence. Des noms qui n'évoquaient rien, du moins pour Maigret qui arrivait de Paris après une nuit et une demi-journée de chemin de fer.

Delfzijl le dérouta dès la première prise de contact. Au petit jour, il avait traversé la Hollande traditionnelle des tulipes, puis Amsterdam qu'il connaissait. La Drenthe, véritable désert de bruyères aux horizons de trente kilomètres sillonnés de canaux, l'avait surpris.

Il tombait maintenant sur un décor qui n'avait rien de commun avec les cartes postales hollandaises et dont le caractère était cent fois plus nordique qu'il l'avait imaginé.

Une petite ville : dix ou quinze rues au plus, pavées de belles briques rouges aussi régulièrement alignées que les carreaux d'une cuisine. Des maisons basses, en brique aussi, ornées d'une profusion de boiseries aux couleurs claires et joyeuses.

C'était un jouet. D'autant plus jouet qu'autour de la ville il vit une digue qui l'encerclait complètement. Dans cette digue, des passages pouvant être fermés, par forte mer, à l'aide de lourdes portes semblables aux portes d'écluses.

Au-delà, l'embouchure de l'Ems. La mer du Nord. Un long ruban d'eau argentée. Des cargos en déchargement sous les grues d'un quai. Des canaux et une infinité de bateaux à voiles, grands comme des péniches, lourds comme elles, mais taillés pour franchir les houles marines.

Il y avait du soleil. Le chef de gare portait une

jolie casquette orange dont il salua tout naturellement le voyageur inconnu.

En face, il y avait un café. Maigret y entra et
c'est à peine s'il osa s'asseoir. Non seulement
c'était astiqué comme une salle à manger de petits
bourgeois, mais il y régnait la même intimité.

Une seule table, avec tous les journaux du jour
étendus sur des tringles de cuivre. Le patron, qui
buvait de la bière avec deux clients, se leva pour
accueillir Maigret.

« Vous parlez français ? » questionna celui-ci.

Geste négatif. Un rien de gêne.

« Donnez-moi de la bière... *Bier !...* »

Et, une fois assis, il tira son petit papier de sa
poche. Ce fut le dernier nom qui lui tomba sous
les yeux. Il le montra, prononça deux ou trois
fois :

« Liewens... »

Les trois hommes se mirent à parler entre eux.
Puis l'un d'eux se leva, un grand gaillard qui
portait une casquette de marin et qui fit signe à
Maigret de le suivre. Comme le commissaire
n'avait pas encore d'argent hollandais et voulait
changer un billet de cent francs, on lui répéta :

« *Morgen !... Morgen !...* »

Demain ! Il n'avait qu'à revenir !...

C'était familial. Cela avait quelque chose de très
simple, de candide même. Sans mot dire, le
cicérone conduisait Maigret à travers les rues de la
petite ville. A gauche, un hangar était plein de
vieilles ancres, de cordages, de chaînes, de

bouées, de compas qui envahissaient le trottoir.
Plus loin, un voilier travaillait sur son seuil.

Et la vitrine de la pâtisserie montrait un choix
inouï de chocolats, de sucreries compliquées.

« Pas parler anglais ? »

Maigret fit signe que non.

« Pas deutsch ?... »

Même signe, et l'homme se résigna au silence.
Au bout d'une rue, c'était déjà la campagne : des
prés verts, un canal où des bois du Nord flottaient
sur presque toute la largeur, attendant d'être
remorqués à travers le pays.

Assez loin, un grand toit de tuiles vernies.

« Liewens !... *Dag, mijnheer !...* »

Et Maigret continua son chemin tout seul, non
sans avoir essayé de remercier cet homme qui,
sans le connaître, avait marché près d'un quart
d'heure pour lui rendre service.

Le ciel était pur, l'atmosphère d'une limpidité
étonnante. Le commissaire longea un chantier de
bois où les billes de chêne, d'acajou, de teck
atteignaient la hauteur de maisons.

Il y avait un bateau amarré. Des enfants
jouaient. Puis un kilomètre de solitude. Toujours
les troncs d'arbres sur le canal. Des barrières
blanches autour des champs parsemés de vaches
magnifiques.

Nouveau heurt de la réalité avec les notions
préconçues : le mot ferme évoquait pour Maigret
un toit de chaume, des tas de fumier, un grouille-
ment animal.

Et il se trouvait en face d'une belle construction neuve entourée d'un parc tout rutilant de fleurs. Sur le canal, en face de la maison, un canot d'acajou aux lignes fines. Contre la grille, un vélo de dame entièrement nickelé.

Il chercha en vain une sonnette. Il appela sans obtenir de réponse. Un chien vint se frotter à lui.

A gauche de la maison commençait un long bâtiment aux fenêtres régulières, mais sans rideaux, qui aurait fait penser à une remise sans la qualité des matériaux et surtout sans la coquetterie des peintures.

Un beuglement vint de là-bas et Maigret s'avança, contourna des massifs de fleurs, se trouva devant une porte grande ouverte.

Le bâtiment était une étable, mais une étable aussi propre qu'une maison. Partout de la brique rouge, qui donnait une luminosité chaude, voire somptueuse à l'atmosphère. Des rigoles pour l'écoulement des eaux. Un système mécanique de distribution de la nourriture dans les râteliers. Et une poulie, derrière chaque box, dont Maigret ne connut la raison d'être que plus tard : elles étaient destinées à tenir la queue des vaches levée pendant qu'on les trayait afin que le lait ne pût être souillé.

La pénombre régnait à l'intérieur. Les bêtes étaient dehors, sauf une, couchée sur le flanc dans le premier box.

Et une jeune fille s'approchait du visiteur, le questionnait d'abord en néerlandais.

« Mlle Liewens ?...

— Oui... Vous êtes Français ?... »

Tout en parlant elle regardait la vache. Elle avait un sourire un tantinet ironique que Maigret ne comprit pas tout de suite.

Et ici encore les idées préconçues se révélaient fausses. Beetje Liewens portait des bottes de caoutchouc noir qui lui donnaient des allures d'écuyère.

Par-dessus, une robe de soie verte, que cachait presque entièrement un tablier d'infirmière.

Un visage rose, trop rose peut-être. Un sourire sain, joyeux, mais qui manquait de subtilité. De grands yeux d'un bleu de faïence. Des cheveux roux.

Elle dut chercher ses premiers mots de français, qu'elle prononça avec beaucoup d'accent. Mais elle ne tarda pas à se familiariser à nouveau avec la langue.

« C'est à mon père que vous voulez parler ?

— A vous... »

Elle faillit pouffer.

« Vous m'excuserez... Mon père est allé à Groningen... Il ne rentrera que ce soir... Les deux valets sont sur le canal où ils déchargent du charbon... La servante fait son marché... Et c'est le moment que la vache choisit pour vêler... On ne s'y attendait pas... Je suis toute seule... »

Elle était appuyée à un treuil qu'elle avait préparé à tout hasard, au cas où il faudrait aider la bête. Elle souriait de toutes ses dents.

Il y avait du soleil dehors. Ses bottes luisaient comme du vernis. Elle avait les mains grassouillettes et roses, les ongles soignés.

« C'est au sujet de Conrad Popinga que... »

Mais elle sourcilla. La vache venait de se lever d'un bond douloureux et de retomber pesamment.

« Attention... Vous voulez m'aider ?... »

Elle prit des gants de caoutchouc qui étaient préparés.

C'est ainsi que Maigret commença cette enquête en aidant un veau de pure race frisonne à venir au monde, en compagnie d'une jeune fille dont les gestes assurés révélaient l'entraînement sportif.

Une demi-heure plus tard, tandis que le nouveau-né cherchait déjà les mamelles de sa mère, il était penché avec Beetje sous un robinet de cuivre rouge et se savonnait les mains jusqu'aux coudes.

« C'est la première fois que vous faites ce métier ? plaisantait-elle.

— La première... »

Elle avait dix-huit ans. Quand elle retira son tablier blanc, la robe de soie sculpta des formes pleines qui, peut-être à cause de l'atmosphère ensoleillée, avaient quelque chose d'extrêmement capiteux.

« Nous parlerons en prenant le thé... Venez à la maison... »

La servante était rentrée. Le salon était austère, un peu sombre, mais d'un confort raffiné. Les petites vitres des fenêtres étaient d'un rose délicat, à peine perceptible, que Maigret n'avait jamais rencontré.

Une bibliothèque pleine de livres. De nombreux ouvrages sur l'élevage et sur l'art vétérinaire. Sur les murs, des médailles d'or remportées aux expositions internationales et des diplômes.

Au beau milieu de tout cela, les derniers livres de Claudel, d'André Gide, de Valéry...

Beetje eut un sourire plein de coquetterie.

« Voulez-vous visiter ma chambre ? »

Et elle guetta ses impressions. Pas de lit, mais un divan recouvert de velours bleu. Les murs tendus de toile de Jouy. Des rayonnages sombres et des livres encore, une poupée achetée à Paris, toute froufroutante.

Un boudoir, presque, avec pourtant une ambiance un peu lourde, solide, réfléchie.

« N'est-ce pas comme à Paris ?

— Je voudrais que vous me racontiez ce qui s'est passé la semaine dernière... »

Le visage de Beetje se rembrunit, mais pas trop cependant, pas assez pour laisser croire qu'elle prenait les événements au tragique.

Sinon eût-elle eu ce sourire vibrant d'orgueil en montrant sa chambre ?

« Allons prendre le thé... »

Et ils s'assirent face à face, devant la théière recouverte d'une sorte de crinoline empêchant la boisson de se refroidir.

Beetje devait chercher ses mots. Elle fit mieux. Elle se munit d'un dictionnaire et parfois elle s'interrompait un long moment pour trouver le terme précis.

Un bateau glissait sur le canal, surmonté d'une grande voile grise, s'aidant de la perche, faute de vent. Et il se faufilait parmi les troncs d'arbres qui encombraient la rivière.

« Vous n'êtes pas encore allé chez Popinga ?

— Je suis arrivé voilà une heure et je n'ai eu que le temps d'aider votre vache à vêler.

— Oui... Conrad était un charmant garçon, un homme vraiment sympathique... Il a d'abord voyagé dans tous les pays, comme second, puis comme premier lieutenant... Vous dites aussi en français ?... Puis, quand il a eu son brevet de capitaine, il s'est marié et, à cause de sa femme, il a accepté une place de professeur à l'École navale... Ce n'est pas si joli... Il a eu un petit yacht... Mais Mme Popinga a peur de l'eau... Il a dû vendre... Il n'avait plus qu'un canot sur le canal... Vous avez vu le mien ?... Presque le même !... Le soir, il donnait des leçons particulières à des élèves... Il travaillait beaucoup...

— Comment était-il ? »

Elle ne comprit pas tout de suite. Elle finit par aller chercher une photographie représentant un grand garçon joufflu, aux yeux clairs, aux cheveux

coupés court, qui avait un air frappant de bonho-
mie et de santé.

« C'est Conrad... On ne dirait pas qu'il a
quarante ans, n'est-ce pas ?... Sa femme est plus
vieille... Peut-être quarante-cinq... Vous n'avez
pas vu ?... Et pas tout à fait les mêmes idées... Par
exemple... Ici, n'est-ce pas, tout le monde est
protestant... Je suis de l'Église moderne... Liesbeth Popinga, elle, est de l'Église nationale, qui
est plus sévère, plus... comment vous dites ?
Conservatoire ?...

— Conservatrice...

— Oui ! Et elle est présidente de toutes les
œuvres...

— Vous ne l'aimez pas ?

— Oui... Mais ce n'est pas la même chose...
Elle est la fille d'un directeur de lycée, vous
comprenez ?... Moi, mon père est seulement
fermier... Pourtant elle est très douce, très gen-
tille...

— Que s'est-il passé ?

— Il y a souvent, ici, des conférences... C'est
une petite ville... Cinq mille habitants... Seulement, on veut se tenir au courant des idées...
Jeudi dernier, c'était le professeur Duclos, de
Nancy... Vous connaissez ?... »

Elle fut très étonnée que Maigret ne connût pas
le professeur qu'elle prenait pour une gloire
nationale française.

« Un grand avocat... Spécialiste des questions
criminelles et... comment le mot ?... Psychologi-

ques... Il a parlé de la responsabilité des criminels... C'est ainsi ?... Vous devez me dire si je fais
fautes... »

« Mme Popinga est présidente de la société...
Les conférenciers sont toujours reçus chez elle...

« A dix heures, il y avait petite réunion
intime... Le professeur Jean Duclos, Conrad
Popinga et sa femme, puis Wienands, sa femme et
ses enfants... Et moi...

« Chez Popinga... C'est à un kilomètre d'ici,
sur l'*Amsterdiep* aussi... *Amsterdiep*, c'est le canal
que vous voyez... On a bu du vin et mangé des
gâteaux... Conrad a fait marcher la T.S.F. Il y
avait aussi Any, que j'allais oublier, la sœur de
Mme Popinga, qui est avocate... Conrad a voulu
danser... On a roulé le tapis. Les Wienands sont
partis avant, à cause des enfants... Le plus petit
qui pleurait... Ils habitent la maison à côté des
Popinga... A minuit, Any avait sommeil... J'avais
mon vélo... Conrad est venu me reconduire... Il a
pris son vélo aussi...

« Je suis rentrée ici... Mon père m'attendait...

« C'est seulement le lendemain que nous avons
appris le drame... Tout Delfzijl était agité...

« Je ne crois pas que ce soit ma faute... Quand
Conrad est rentré, il a voulu mettre son vélo dans
le hangar, derrière la maison...

« On a tiré, avec revolver... Il est tombé... Il est
mort après une demi-heure...

« Pauvre   Conrad !...   Avec   sa   bouche
ouverte... »

Elle essuya une larme qui faisait un drôle d'effet sur sa joue lisse et rose comme la pelure d'une pomme bien mûre.

« C'est tout ?

— Oui… La police est venue de Groningen pour aider la gendarmerie… Elle dit qu'on a tiré de la maison… Il paraît qu'on a vu le professeur, tout de suite après, qui descendait l'escalier avec un revolver dans sa main… Et c'était le revolver qui avait tiré…

— Le professeur Jean Duclos ?

— Oui ! Alors, on ne l'a pas laissé partir.

— En somme, il restait à ce moment dans la maison Mᵐᵉ Popinga, sa sœur Any et le professeur Duclos…

— Ya !

— Et, le soir, il y avait en plus les Wienands, vous et Conrad…

— Et aussi Cor !… J'oubliais…

— Cor ?…

— C'est comme Cornélius… Un élève de l'École navale, qui prenait des leçons particulières…

— Quand est-il parti ?

— En même temps que Conrad et moi… Mais il a tourné à gauche, avec son vélo, pour retourner au bateau-école qui est sur l'*Ems-Canal*… Vous prenez sucre ? »

Le thé fumait dans les tasses. Une auto venait de s'arrêter au pied du perron de trois marches. Un peu plus tard, un homme entrait, grand, large d'épaules, grisonnant, avec un visage grave, une lourdeur qui accentuait son calme.

C'était le fermier Liewens, qui attendit que sa fille lui présentât le visiteur.

Il serra vigoureusement la main de Maigret mais ne dit rien.

« Mon père ne parle pas français... »

Elle lui servit une tasse de thé qu'il but debout, à petites gorgées. Puis, en néerlandais elle le mit au courant de la naissance du veau.

Elle dut parler du rôle joué par le commissaire en cette circonstance, car il regarda celui-ci avec un étonnement non exempt d'ironie, puis, après un salut assez raide, il gagna l'étable.

« On a mis le professeur Duclos en prison ? questionna alors Maigret.

— Non ! Il est à l'hôtel Van Hasselt, avec un gendarme.

— Conrad ?

— On a transporté son corps à Groningen... A trente kilomètres... Une grande ville de cent mille habitants, avec une université, où Jean Duclos avait été reçu la veille... C'est terrible, n'est-ce pas ?... On ne comprend pas... »

Terrible peut-être ! Mais cela ne se sentait pas ! Sans doute à cause de cette atmosphère limpide, du décor doux et confortable, du thé qui fumait et de toute cette petite ville qui avait l'air d'un jouet planté pour rire au bord de la mer.

En se penchant à la fenêtre, on voyait, dominant la ville de brique rouge la cheminée et la

passerelle d'un gros cargo en déchargement. Et les
bateaux, sur l'Ems, se laissaient glisser au fil de
l'eau jusqu'à la mer.

« Conrad vous a reconduite souvent ?

— Chaque fois que j'allais chez lui... C'était un
camarade...

— Mme Popinga n'était pas jalouse ? »

Maigret disait cela à tout hasard, parce que son
regard venait de tomber sur la poitrine alléchante
de la jeune fille et peut-être parce qu'il en avait
reçu une bouffée chaude aux joues.

« Pourquoi ?

— Je ne sais pas... La nuit... Tous les
deux... »

Elle rit, montra ses dents saines.

« En Hollande, c'est toujours... Cor aussi me
reconduisait...

— Et il n'était pas amoureux ? »

Elle ne dit ni oui ni non. Elle gloussa. C'est le
mot. Un petit gloussement de coquetterie satis-
faite.

Par la fenêtre, on vit son père qui sortait le veau
de l'étable, en le portant comme un bébé, et qui le
posait sur l'herbe du pré, en plein soleil.

La bête oscilla sur ses quatre pattes trop grêles,
faillit tomber à genoux, esquissa soudain un galop
de quatre ou cinq mètres avant de s'immobiliser.

« Conrad ne vous a jamais embrassée ? »

Nouveau rire, mais accompagné de très peu de
rougeur.

« Oui...

— Et Cor ?... »

Elle y mit plus de formes, détourna à demi la tête.

« Aussi !... Pourquoi vous demandez cela ?... »

Elle avait un drôle de regard. Peut-être s'attendait-elle que Maigret l'embrassât à son tour ?

Son père, dehors, l'appelait. Elle ouvrit la fenêtre. Il lui parla en néerlandais. Quand elle se retourna, ce fut pour dire :

« Excusez... Il faut que j'aille chercher le maire, en ville, pour le pedigree du veau... C'est très important... Vous n'allez pas à Delfzijl ?... »

Il sortit avec elle. Elle saisit son vélo nickelé par le guidon et marcha à côté de lui, en balançant un peu les hanches qu'elle avait déjà fortes comme une femme.

« Quel beau pays, n'est-ce pas ?... Pauvre Conrad, qui ne pourra plus voir !.. Les bains ouvrent demain !... Les autres années, il venait tous les jours... Il restait une heure dans l'eau... »

Maigret, en marchant, regardait par terre.

2

LA CASQUETTE DU BAES

CONTRE son habitude, Maigret nota quelques détails matériels, surtout topographiques, et ce fut à proprement parler du flair, car par la suite la solution devait découler de questions de minutes et de mètres.

Entre la ferme des Liewens et la maison Popinga, il y avait à peu près douze cents mètres. Les deux habitations étaient au bord du canal et, pour aller de l'une à l'autre, on suivait le chemin de halage.

Canal à peu près désaffecté, d'ailleurs, depuis la création d'un canal beaucoup plus large et profond, l'*Ems-Canal,* reliant Delfzijl à Groningen.

Celui-ci, l'*Amsterdiep,* envasé, tortueux, ombragé par de beaux arbres, ne servait guère qu'au passage des trains de bois et de quelques bateaux de faible tonnage.

Des fermes, de loin en loin. Un chantier de réparation de bateaux.

En sortant de chez Popinga pour se rendre à la ferme, on rencontrait d'abord, toute proche, à trente mètres, la villa des Wienands. Puis une maison en construction. Ensuite un grand espace désert et le chantier encombré de piles de bois.

Au-delà de ce chantier, nouvel espace vide, après un coude du canal et du chemin. De cet endroit, on apercevait nettement les fenêtres des Popinga et, juste à gauche, le phare blanc situé de l'autre côté de la ville.

« C'est un phare à feu tournant ? questionna Maigret.

— Oui.

— Si bien que, la nuit, il doit éclairer ce tronçon de route...

— Oui ! dit-elle encore, avec un petit rire, comme si cela lui eût rappelé un joyeux souvenir.

— Pas gai pour les amoureux ! » acheva-t-il.

Elle le quitta avant la maison Popinga, soi-disant parce qu'elle avait un chemin plus court à prendre, mais vraisemblablement pour ne pas être vue avec lui.

Maigret ne s'arrêta pas. La maison était moderne, en brique, avec un petit jardin devant, un potager derrière, une allée à droite et du terrain libre à gauche.

Il préféra gagner la ville, qui n'était distante que de cinq cents mètres. Il arrivait ainsi à l'écluse séparant le canal du port. Le bassin fourmillait de bateaux de cent à trois cents tonneaux, amarrés côte à côte, mâts dressés, et formant un monde flottant.

A gauche, l'hôtel Van Hasselt, où il pénétra.

* * *

Une salle obscure, aux boiseries vernies, où flottait une odeur complexe de bière, de genièvre et d'encaustique. Un grand billard. Une table aux barres de cuivre couvertes de journaux.

Dans un coin, un homme se leva dès l'arrivée de Maigret et s'avança vers lui.

« C'est vous qui m'êtes envoyé par la police française ? »

Il était grand, maigre, osseux, avec un long visage aux traits très dessinés, des lunettes d'écaille et des cheveux drus taillés en brosse.

« Vous êtes sans doute le professeur Duclos ? » riposta Maigret.

Il ne l'avait pas imaginé aussi jeune. Duclos pouvait avoir trente-cinq à trente-huit ans. Mais il y avait un je ne sais quoi en lui qui frappa Maigret.

« Vous êtes de Nancy ?

— C'est-à-dire que j'y occupe une chaire de sociologie à l'université…

— Mais vous n'êtes pas né en France ! »

Cela s'engageait comme une petite guerre.

« En Suisse romande. Je suis naturalisé Français. J'ai fait toutes mes études à Paris et à Montpellier…

— Et vous êtes protestant ?

— A quoi le voyez-vous ? »

A rien ! A l'ensemble ! Duclos appartenait à une catégorie d'hommes que le commissaire connaissait bien. Des hommes de science. L'étude pour l'étude ! L'idée pour l'idée ! Une certaine austérité dans les allures et dans la conduite de la vie, en même temps qu'une tendance aux relations internationales. La passion des conférences, des congrès, des échanges de lettres avec des correspondants étrangers.

Il était assez nerveux, si ce terme peut s'appliquer à un homme dont les traits ne devaient jamais bouger. Sur sa table, une bouteille d'eau minérale, deux gros livres et des papiers étalés.

« Je ne vois pas le policier chargé de vous surveiller...

— J'ai donné ma parole d'honneur de ne pas sortir d'ici... Remarquez que je suis attendu par des sociétés littéraires et scientifiques d'Emden, de Hambourg, et de Brême... Je devais faire ma conférence dans ces trois villes avant de... »

Une grosse femme blonde, la patronne de l'hôtel, se montrait et Jean Duclos lui expliquait en néerlandais qui était le visiteur.

« C'est à tout hasard que j'ai demandé qu'un policier me soit envoyé. J'espère, en effet, arriver à éclaircir le mystère...

— Voulez-vous me dire ce que vous savez ? »

Et Maigret, se laissant tomber sur une chaise, commanda :

« Un *Bols !...* Dans un grand verre...

— Voici tout d'abord des plans, établis à l'échelle exacte. Je puis vous en confier un double. Le premier représente le rez-de-chaussée de la maison des Popinga : corridor à gauche ; à droite, le salon, puis la salle à manger ; au fond, la cuisine ; derrière celle-ci, une remise où Popinga avait l'habitude de ranger son canot et ses bicyclettes.

— Vous vous êtes tenus tous dans le salon ?

— Oui... Deux fois Mme Popinga, puis Any, sont allées dans la cuisine pour préparer le thé, car la servante était couchée. Voici le plan du premier : derrière, juste au-dessus de la cuisine, une salle de bains ; en façade, deux pièces : à gauche, la chambre des Popinga, à droite, un cabinet de travail où Any dormait sur un divan ; derrière enfin, la chambre qui m'avait été dévolue...

— Quelles sont les pièces d'où il est matériellement possible qu'on ait tiré ?

— Ma chambre, la salle de bains et la salle à manger du rez-de-chaussée...

— Racontez-moi la soirée.

— Ma conférence a été un triomphe... Je l'ai faite dans cette salle que vous apercevez... »

Une longue salle décorée de guirlandes en papier, servant pour les bals de sociétés, les banquets et les représentations théâtrales. Une estrade aux décors représentant un parc de château.

« Nous nous sommes dirigés ensuite vers l'*Amsterdiep*...

— En longeant les quais ? Voulez-vous me dire dans quel ordre vous marchiez ?

— J'étais devant, avec Mme Popinga, qui est

une femme très cultivée. Conrad Popinga flirtait
avec cette petite fermière imbécile qui ne sait que
rire de toutes ses dents et qui n'a rien compris à
ma causerie. Venaient ensuite les Wienands, Any
et le jeune élève de Popinga, un pâle garçon
quelconque...

— Vous êtes arrivés à la maison...

— On a dû vous dire que j'avais parlé de la
responsabilité des assassins. La sœur de Mme Popinga, qui a fini son droit et qui professera à la
rentrée, m'a demandé quelques détails. Nous
avons été amenés à parler du rôle de l'avocat dans
une affaire criminelle. Puis il a été question de
police scientifique et je me souviens que je lui ai
recommandé de lire les ouvrages du professeur
viennois Grosz. J'ai soutenu la thèse que le crime
impuni est rigoureusement impossible. J'ai dis-
serté sur les empreintes, l'analyse des débris de
toutes sortes, les déductions... Par contre, Conrad
Popinga s'obstinait à me faire écouter *Radio-
Paris* ! »

Maigret sourit à peine.

« Il y est arrivé ! On jouait du jazz. Popinga est
allé chercher une bouteille de cognac et s'est
étonné de voir un Français qui n'en buvait pas. Il
en a bu, lui, et aussi la fermière !... Ils étaient très
gais... Ils ont dansé...

« — *Comme à Paris !...* » exultait Popinga.

— Vous ne l'aimiez pas ! remarqua Maigret.

— Un gros garçon sans intérêt ! Wienands, lui,
bien que préoccupé de mathématiques, nous

écoutait... Un bébé a pleuré... Les Wienands sont
partis... La fermière était très animée... Conrad a
proposé de la reconduire et ils sont partis tous les
deux à vélo... Mme Popinga m'a conduit à ma
chambre... J'ai mis quelques papiers en ordre
dans ma valise... J'allais prendre des notes pour
un volume que je prépare quand j'ai entendu un
coup de feu, si proche que j'aurais pu croire que
c'était dans ma chambre même qu'on avait tiré...
Je me suis précipité dehors... La salle de bains
était entrouverte... J'ai poussé la porte... Fenêtre
grande ouverte... Quelqu'un râlait dans le jardin,
près du hangar aux vélos...

— Il y avait de la lumière dans la salle de
bains ?

— Non... Je me suis penché à la fenêtre... Ma
main s'est posée sur la crosse d'un revolver que
j'ai saisi machinalement... Je devinais une forme
étendue, près du hangar... J'ai voulu descendre...
Je me suis heurté à Mme Popinga qui sortait de
chez elle, affolée... Nous avons couru tous les
deux dans l'escalier... Nous n'avions pas encore
traversé la cuisine que nous étions rejoints par
Any, tellement bouleversée qu'elle était descendue en combinaison... Vous comprendrez mieux
quand vous la connaîtrez...

— Popinga ?...

— A demi mort... Il nous a regardés avec des
gros yeux troubles, en étreignant sa poitrine d'une
main... Au moment où j'essayais de le soulever, il
s'est raidi... Il était mort, une balle au cœur...

— C'est tout ce que vous savez ?

— On a téléphoné à la gendarmerie, au médecin... On a appelé Wienands, qui est venu nous aider... Je sentais une certaine gêne... J'oubliais qu'on m'avait vu avec le revolver dans la main... Les gendarmes me l'ont rappelé, m'ont demandé des explications... Ils m'ont prié poliment de me tenir à leur disposition...

— Il y a six jours de cela ?

— Oui... Je travaille à résoudre le problème, car c'en est un !... Voyez ces papiers. »

Maigret vida sa pipe, sans un regard aux papiers en question.

« Vous ne sortez pas de l'hôtel ?

— Je le pourrais, mais je préfère éviter tout incident. Popinga était très aimé de ses élèves, qu'on rencontre sans cesse par la ville...

— On n'a découvert aucun indice matériel ?

— Pardon ! Any, qui poursuit son enquête de son côté et qui espère bien réussir, encore qu'elle manque de méthode, m'apporte de temps à autre des renseignements... Sachez d'abord que la baignoire de la salle de bains est recouverte d'un couvercle en bois qui la transforme en table à repasser... Le lendemain matin, on a soulevé ce couvercle et l'on a trouvé une vieille casquette de marin qui n'avait jamais été vue dans la maison... Au rez-de-chaussée, les investigations ont eu pour résultat de faire découvrir, sur le tapis de la salle à manger, un bout de cigare en tabac très noir, de Manille, je crois, comme n'en fumaient ni

Popinga, ni Wienands, ni le jeune élève. Et moi, je ne fume jamais... Or, la salle à manger avait été balayée aussitôt après le dîner...

— D'où vous concluez ?...

— Rien ! laissa tomber Jean Duclos. Je conclurai à mon heure. Je m'excuse de vous avoir fait venir de si loin. Au surplus, on aurait pu choisir un policier connaissant la langue du pays... Vous ne me serez utile qu'au cas où l'on prendrait à mon égard des mesures contre lesquelles vous auriez à protester officiellement. »

Maigret se caressait le nez tout en souriant d'un sourire vraiment délicieux.

« Vous êtes marié, monsieur Duclos ?

— Non !

— Et vous ne connaissiez auparavant ni les Popinga, ni la petite Any, ni aucune des personnes présentes ?

— Aucune ! Eux me connaissaient de réputation...

— Bien entendu ! Bien entendu !... »

Et il prit sur la table les deux plans faits au tire-ligne, les fourra dans sa poche, toucha le bord de son chapeau et s'en fut.

Le bureau de police était moderne, confortable et clair. On attendait Maigret. Le chef de gare avait signalé son arrivée et l'on s'étonnait de ne pas encore l'avoir vu.

Il entra comme chez lui, retira son pardessus de demi-saison, posa son chapeau sur un meuble.

L'inspecteur envoyé de Groningen parlait un français lent, un peu précieux. C'était un grand garçon blond et sec, d'une affabilité remarquable, qui soulignait toutes ses phrases de petits saluts semblant dire :

« Vous comprenez ?... Nous sommes d'accord ?... »

Il est vrai que Maigret ne le laissa guère parler.

« Puisque vous êtes sur cette affaire depuis six jours, dit-il, vous devez avoir vérifié les heures...

— Quelles heures ?...

— Il serait intéressant de savoir, par exemple, combien de minutes exactement la victime a mises pour reconduire Mlle Beetje chez elle et revenir... Attendez !... Je voudrais savoir aussi à quelle heure Mlle Beetje a mis les pieds à la ferme où son père, qui l'attendait, doit pouvoir vous répondre... Enfin à quelle heure le jeune Cor est rentré au bateau-école, où il y a sans doute un homme de garde... »

Le policier eut l'air ennuyé, se leva soudain, comme pris d'une inspiration, marcha vers le fond de la pièce et revint avec une casquette de marin complètement avachie. Alors il prononça avec une lenteur exagérée :

« Nous avons retrouvé le propriétaire de cet objet, qui a été découvert dans la baignoire... C'est... c'est un homme que nous appelons le Baes... En français, vous diriez le patron... »

Est-ce que seulement Maigret écoutait ?

« Nous ne l'avons pas arrêté, parce que nous voulons le surveiller et que c'est une figure populaire du pays... Vous connaissez l'embouchure de l'Ems ?... Lorsqu'on arrive en mer du Nord, à une dizaine de milles d'ici, on rencontre des îles sablonneuses, que les grandes marées d'équinoxe submergent à peu près complètement... Une de ces îles s'appelle Workum... Un homme s'y est installé, avec sa famille, des valets, et s'est mis en tête d'y faire de l'élevage... C'est le Baes... Il a obtenu une subvention de l'État, car il y a un feu fixe à entretenir... On l'a même nommé maire de Workum, dont il est le seul habitant... Il a un bateau à moteur, avec lequel il va et vient de son île à Delfzijl... »

Maigret ne bronchait toujours pas. Le policier cligna de l'œil.

« Un drôle de corps ! Un bonhomme de soixante ans, dur comme une roche. Il a trois fils, qui sont des pirates comme lui... Car... Écoutez !... Ce ne sont pas des choses à raconter. Vous savez que Delfzijl reçoit surtout des bois de Finlande et de Riga... Les vapeurs qui les amènent ont une partie du chargement sur le pont... Ce chargement est retenu par des chaînes... Or, en cas de danger, les capitaines ont ordre de faire couper les chaînes et de laisser emporter le chargement de pont par la mer, afin d'éviter la perte du bateau tout entier... Vous ne comprenez pas encore ?... »

Décidément, Maigret n'avait pas l'air de s'intéresser du tout à cette histoire.

« Le Baes est un malin... Il connaît tous les capitaines qui viennent ici... Il sait s'arranger avec eux... Alors, en vue des îles, il y a toujours une raison pour couper au moins une des chaînes... Ce sont quelques tonnes de bois qui vont à la mer et que la marée transporte sur le sable de Workum... Droit d'épave !... Comprenez-vous, maintenant ?... Le Baes partage avec les capitaines... Et c'est sa casquette qu'on a retrouvée dans la baignoire !... Un seul ennui : il ne fume que la pipe... Mais il n'était pas nécessairement seul...

— C'est tout ?

— Pardon ! M. Popinga, qui a des relations partout, ou plutôt qui en avait, avait été nommé voilà quinze jours vice-consul de Finlande à Delfzijl... »

Le maigre jeune homme blond triomphait, haletait de contentement.

« Où était son bateau la nuit du crime ? »

Ce fut presque un cri :

« A Delfzijl !... A quai !... Près de l'écluse !... Autrement dit, à cinq cents mètres de la maison... »

Maigret bourrait sa pipe, allait et venait dans le bureau, regardait d'un œil terne les rapports dont il ne comprenait pas un traître mot.

« Vous n'avez rien découvert d'autre ?... » questionna-t-il soudain en enfonçant les deux mains dans ses poches.

Il fut à peine surpris de voir rougir le policier.

« Vous savez déjà ?... »

Il se reprit :

« Il est vrai que vous avez passé tout l'après-midi à Delfzijl... Méthode française !... »

Il parlait avec gêne.

« Je ne sais pas encore ce que vaut cette déposition... C'était le quatrième jour... Mme Popinga est venue... Elle m'a dit qu'elle avait consulté le pasteur pour savoir si elle devait parler... Vous connaissez la maison ?... Pas encore ?... Je puis vous remettre un plan...

— Merci ! J'en ai un ! » dit le commissaire en le tirant de sa poche.

Et l'autre, ahuri, de poursuivre :

« Vous voyez la chambre des Popinga ?... De la fenêtre, on ne peut apercevoir qu'un petit morceau de la route qui conduit à la ferme... Juste le morceau qui est éclairé par des rayons du phare, de quinze en quinze secondes...

— Et Mme Popinga, jalouse, guettait son mari ?

— Elle regardait... Elle a vu passer les deux vélos qui allaient vers la ferme... Puis le vélo de son mari qui revenait... Puis, tout de suite après, à cent mètres derrière, le vélo de Beetje Liewens...

— *Autrement dit, après que Conrad Popinga l'eut reconduite, Beetje revenait toute seule vers la maison Popinga... Qu'en dit-elle ?...*

— Qui ?

— La jeune fille...

— Encore rien... Je n'ai pas voulu la questionner tout de suite... C'est très grave... Et vous avez
peut-être dit le mot... Jalousie !... Vous comprenez ?... M. Liewens est membre du Conseil...

— A quelle heure Cor est-il rentré à l'école ?

— Cela, nous savons... Cinq minutes après
minuit.

— Et le coup de feu a été tiré ?...

— Cinq minutes avant minuit... Seulement, il
y a la casquette, et le cigare...

— Il a un vélo ?

— Oui... Tout le monde, ici, circule à vélo...
C'est pratique... Moi-même... Mais, ce soir-là, il
ne l'avait pas pris...

— Le revolver a été examiné ?

— Ya ! C'est le revolver de Conrad Popinga...
Revolver d'ordonnance... Il restait toujours,
chargé de six balles, dans la table de nuit...

— Le coup a été tiré à combien de mètres ?

— Environ six... (il prononçait *sisse !*) C'est la
distance de la fenêtre de la salle de bains... C'est
aussi la distance de la fenêtre de la chambre de
M. Duclos... Et peut-être que le coup n'a pas été
tiré d'en haut... On ne peut pas savoir, parce que
le professeur, qui remisait son vélo, était peut-être
penché... Seulement, il y a la casquette... Et le
cigare, n'oubliez pas !...

— Zut pour le cigare ! » grommela Maigret
entre ses dents. .

Et, à voix haute :

« Mlle Any est au courant de la déposition de sa sœur ?

— Oui.

— Qu'est-ce qu'elle en dit ?

— Elle ne dit rien ! C'est une jeune fille très instruite. Elle ne parle pas beaucoup. Elle n'est pas comme les autres jeunes filles...

— Elle est laide ? »

Décidément, chaque interruption de Maigret avait le don de faire sursauter le Hollandais.

« Pas jolie !

— Bon ! donc elle est laide ! Et vous disiez que ?...

— Elle veut trouver l'assassin... Elle travaille... Elle a demandé à lire les rapports... »

Ce fut un hasard. Une jeune fille entrait, une serviette de cuir sous le bras, vêtue avec une austérité qui frisait le manque de goût.

Elle marcha droit devant elle vers le policier de Groningen. Elle se mit à parler avec volubilité dans sa langue, sans voir l'étranger, ou bien le dédaignant.

L'autre rougit, se balança d'une jambe à l'autre, remua des papiers pour se donner contenance, désigna Maigret du regard. Mais elle ne consentait pas à faire attention à celui-ci.

En désespoir de cause, le Hollandais prononça en français, comme à regret :

« Elle dit que la loi s'oppose à ce que vous procédiez à des interrogatoires sur notre territoire...

— C'est Mlle Any ? »

Un visage irrégulier. Une bouche trop grande, aux dents mal plantées, sans lesquelles elle n'eût pas été plus déplaisante qu'une autre. Une poitrine plate. De grands pieds. Mais surtout une assurance crispante de suffragette.

« Oui... Selon les textes, elle a raison... Mais je lui réponds que les usages...

— Mlle Any comprend le français, n'est-ce pas ?

— Je crois... »

La jeune fille ne tressaillit même pas, attendit, le menton levé, la fin de cette conférence à deux qui ne semblait pas la concerner.

« Mademoiselle, dit Maigret avec une galanterie exagérée, j'ai l'honneur de vous présenter mes hommages... Commissaire Maigret, de la Police judiciaire... Tout ce que je voudrais savoir, c'est ce que vous pensez de Mlle Beetje et de ses relations avec Cornélius... »

Elle essaya de sourire. Un sourire de timide qui se force. Elle regarda Maigret, puis son compatriote, balbutia dans un français pénible :

« Je ne... je... comprendre pas bien... »

Et cet effort suffit à la rendre pourpre jusqu'aux oreilles, tandis que son regard appelait au secours.

3

LE CLUB DES RATS DE QUAI

ILS étaient une dizaine d'hommes, en lourde vareuse de laine bleue, en casquette de marin et en sabots vernis, les uns adossés à la porte de la ville, d'autres appuyés à des bittes d'amarrage, d'autres enfin campés sur leurs jambes que de larges pantalons rendaient monumentales.

Ils fumaient, chiquaient, crachaient surtout, et de temps en temps une phrase les faisait rire aux éclats en se tapant les cuisses.

A quelques mètres d'eux, les bateaux. Derrière, la petite ville confite dans ses digues. Un peu plus loin, une grue déchargeait un bateau de charbon.

Tout d'abord, les hommes du groupe n'aperçurent pas Maigret qui flânait le long du *warf*. Si bien que le commissaire eut tout le temps de les observer.

Il savait qu'à Delfzijl on appelle ironiquement cette réunion le *Club des Rats de Quai*. Sans même en être informé, il eût deviné que la plupart de ces marins-là passaient le plus clair de leurs journées à la même place, sous la pluie ou le soleil, à bavarder paresseusement et à étoiler le sol de jets de salive.

L'un d'eux était propriétaire de trois *klipper,* de beaux bateaux à voile et à moteur de quatre cents tonnes, dont un était en train de remonter l'Ems et ne tarderait pas à entrer au port.

Il y avait des gens moins reluisants, un calfat qui ne devait pas calfater grand-chose, et aussi le préposé à une écluse désaffectée, portant la casquette du gouvernement.

Mais, au milieu, un bonhomme éclipsait tous les autres, non seulement parce qu'il était le plus gros, le plus large, le plus rouge de visage, mais parce qu'on sentait en lui une personnalité plus forte.

Des sabots. Une vareuse. Sur la tête, une casquette toute neuve qui n'avait pas encore eu le temps de prendre la forme de la tête et qui par le fait était ridicule.

L'homme était Oosting, plus souvent appelé le Baes, occupé à fumer une courte pipe en terre tout en écoutant ce que ses voisins racontaient.

Il souriait vaguement. De temps en temps, il tirait sa pipe de sa bouche pour laisser la fumée s'échapper plus doucement de ses lèvres.

Un petit pachyderme. Une brute épaisse, avec pourtant des yeux très doux, et quelque chose d'à la fois dur et douillet dans toute sa personne.

Ses yeux étaient braqués sur un bateau d'une quinzaine de mètres amarré au quai. Un bateau rapide, bien coupé, un ancien yacht vraisemblablement, mais sale, en désordre.

C'était le sien et, de cette place-là, on pouvait voir ensuite l'Ems large de vingt kilomètres, un miroitement lointain qui était celui de la mer du Nord avec, quelque part, une bande de sable roux qui était l'île de Workum, le domaine d'Oosting.

Le soir tombait et les feux rouges du couchant rendaient plus rouge cette ville de briques, incendiaient le minium d'un cargo en réparation dont les reflets s'étiraient sur l'eau du bassin.

Le regard du Baes, en errant doucement sur les choses, alla en quelque sorte cueillir Maigret dans le paysage. Les prunelles, d'un bleu-vert, étaient toutes petites. Elles restèrent accrochées au commissaire un bon moment, après quoi l'homme débourra sa pipe en la secouant contre son sabot, cracha, chercha dans sa poche une vessie de porc qui contenait le tabac et s'adossa plus confortablement au mur.

Dès lors, Maigret ne cessa de sentir sur lui ce regard où il n'y avait pas d'ostentation ni de défi : un regard calme et pourtant soucieux, un regard qui mesurait, qui appréciait, qui calculait.

Le commissaire était sorti le premier du bureau de police, après avoir pris rendez-vous avec l'inspecteur hollandais Pijpekamp.

Any était restée là-bas et elle ne tarda pas à passer, à pas pressés, sa serviette sous le bras, le corps un peu penché en avant, en femme qui ne s'intéresse pas au mouvement de la rue.

Ce n'est pas elle que Maigret regarda, mais le Baes, qui la suivit longtemps des yeux, et, le front plus ridé, se tourna ensuite vers Maigret.

Alors, sans trop savoir pourquoi, celui-ci s'avança vers le groupe qui se tut. Dix visages se tournèrent de son côté avec un certain étonnement.

Il s'adressa à Oosting.

« Pardon ! Est-ce que vous comprenez le français ? »

Le Baes ne broncha pas, parut réfléchir. Un maigre matelot, son voisin, expliqua :

« *Frenchman !... French-politie !...* »

Ce fut peut-être une des minutes les plus étranges de la carrière de Maigret. Son interlocuteur, tourné un instant vers son bateau, parut hésiter.

C'était clair qu'il avait envie de dire au commissaire de monter avec lui à bord. On distinguait une petite cabine aux cloisons de chêne, avec la lampe à cardan, le compas.

Les autres attendaient. Il ouvrit la bouche.

Puis soudain il haussa les épaules avec l'air de conclure :

« C'est idiot !... »

Ce n'est pas ce qu'il dit. Il prononça d'une voix enrouée qui sortait du larynx :

« Pas comprendre... *Hollandsch... English...* »

On voyait la silhouette noire d'Any, avec son voile de deuil, qui franchissait le pont du canal avant de s'engager le long de l'*Amsterdiep*.

Le Baes surprit le regard que Maigret lançait à sa casquette neuve, mais il ne tressaillit pas. Ce fut

plutôt une ombre de sourire qui erra sur ses
lèvres.

A ce moment, le commissaire eût donné gros
pour pouvoir causer avec cet homme, dans son
langage, ne fût-ce que cinq minutes. Sa bonne
volonté était telle qu'il bafouilla quelques syllabes
anglaises, mais avec un tel accent que nul ne le
comprit.

« Pas comprendre !... Personne comprendre ! »
répéta celui qui était déjà intervenu.

Alors ils reprirent leur conversation tandis que
Maigret s'éloignait avec le sentiment confus qu'il
venait de toucher au plus près du cœur de
l'énigme et que, faute de compréhension
mutuelle, il s'en écartait.

Il se retourna quelques minutes plus tard. Le
groupe des rats de quai bavardait toujours dans le
couchant et les derniers rayons du soleil rendaient
plus pourpre la grosse face du Baes toujours
tournée vers le policier.

Jusque-là, Maigret avait en quelque sorte
tourné en rond autour du drame en gardant pour
la fin la visite, toujours pénible, à une maison
endeuillée.

Il y sonna. Il était un peu plus de six heures. Il
n'avait pas pensé que c'est l'heure du repas du soir
chez les Hollandais et, quand une petite bonne lui
ouvrit la porte, il aperçut, dans la salle à manger,
les deux femmes à table.

Elles se levèrent d'un même mouvement avec un empressement un peu raide de pensionnaires bien élevées.

Elles étaient tout en noir. Sur la table il y avait du thé, des tranches de pain coupées très mince et de la charcuterie. Malgré le crépuscule, la lampe n'était pas allumée mais un poêle à gaz, à feu visible à travers les micas, luttait contre la pénombre.

Ce fut Any qui pensa tout de suite à tourner le commutateur électrique, tandis que la servante allait fermer les rideaux.

« Veuillez m'excuser..., dit Maigret. Je suis d'autant plus confus de vous déranger que j'arrive à l'heure de votre repas... »

Mme Popinga esquissa un geste gauche vers un fauteuil, regarda autour d'elle avec embarras, tandis que sa sœur se retirait aussi loin que possible dans la pièce.

C'était à peu près la même ambiance qu'à la ferme. Des meubles modernes, mais d'un modernisme très doux. Des tons feutrés, formant une harmonie distinguée et triste.

« Vous venez pour... »

La lèvre inférieure de Mme Popinga se souleva et elle dut porter son mouchoir à sa bouche pour arrêter un sanglot qui éclatait soudain. Any ne bougeait pas.

« Excusez-moi... Je reviendrai... »

Elle fit signe que non. Elle s'efforçait de reprendre son sang-froid. Elle devait être de

quelques années plus âgée que sa sœur. Elle était
grande, beaucoup plus femme. Ses traits étaient
réguliers, avec un soupçon de couperose aux
joues, deux ou trois cheveux gris.

Et une distinction effacée dans toutes les attitudes ! Maigret se souvint qu'elle était fille d'un
directeur d'école, qu'elle parlait couramment plusieurs langues, qu'elle était très instruite. Mais
cela n'empêchait pas sa timidité, une timidité de
bourgeoise de petite ville qu'un rien effarouche.

Il se souvint aussi qu'elle appartenait à la plus
austère des sectes protestantes, qu'elle présidait
les œuvres de charité de Delfzijl, les cercles
intellectuels féminins...

Elle arrivait à se maîtriser. Elle regardait sa
sœur comme pour lui demander son aide.

« Pardon !... Mais c'est incroyable, n'est-ce
pas ?... Conrad !... Un homme que tout le monde
aimait... »

Son regard tomba sur un haut-parleur de
T.S.F. placé dans un coin et elle faillit fondre en
larmes.

« C'était sa seule distraction..., balbutia-
t-elle... Et son canot, l'été, le soir, sur l'*Amsterdiep*... Il travaillait beaucoup... Qui a pu faire
ça ?... »

Et, comme Maigret ne disait rien, elle ajouta,
plus rose, sur le ton qu'elle eût employé si on l'eût
prise à partie :

« Je n'accuse personne... Je ne sais pas... Je ne
veux pas croire, vous comprenez ?... C'est la

police qui a pensé au professeur Duclos, parce qu'il est sorti avec le revolver à la main... Moi, je ne sais rien... C'est trop affreux !... Quelqu'un qui a tué Conrad !... Pourquoi ?... Pourquoi lui ?... Pas même pour voler !... Alors ?...

— Vous avez parlé à la police de ce que vous avez vu par la fenêtre... »

Elle rougit encore. Elle se tenait debout, une main appuyée à la table servie.

« Je ne savais pas s'il fallait... Je pense que Beetje n'a rien fait... Seulement j'ai vu, par hasard... On m'a dit que les plus petits détails pouvaient servir à l'enquête... J'ai demandé conseil au pasteur... Il m'a dit de parler... Beetje est une brave fille... Vraiment, je ne vois pas qui !... Certainement quelqu'un qui devrait être dans un asile d'aliénés... »

Elle ne cherchait pas ses mots. Son français était pur, nuancé d'un accent très léger.

« Any m'a appris que vous êtes venu de Paris... A cause de Conrad !... Est-ce qu'on peut croire cela ?... »

Elle était plus calme. Sa sœur, toujours dans le même angle de la pièce, ne bougeait pas, et Maigret ne pouvait l'apercevoir qu'en partie par le truchement d'un miroir.

« Vous devez sans doute visiter la maison ? »

Elle s'y résignait. Pourtant elle soupira :

« Voulez-vous aller avec....Any... »

Une robe noire passa devant le commissaire. Il la suivit dans un escalier orné d'un tapis tout neuf.

La maison, qui n'avait pas dix ans, était construite comme un bibelot, avec des matériaux légers, brique creuse et sapin. Mais les peintures qui recouvraient toutes les boiseries donnaient à l'ensemble de la fraîcheur.

La porte de la salle de bains fut ouverte la première. Le couvercle de bois se trouvait sur la baignoire, transformée ainsi en table à repasser. Maigret se pencha à la fenêtre, vit le hangar à vélos, le potager bien entretenu et, au-delà des champs, la ville de Delfzijl où peu de maisons avaient un étage et où aucune n'en avait deux.

Any attendait à la porte.

« Il paraît que vous poursuivez l'enquête de votre côté ! » lui dit Maigret.

Elle tressaillit mais ne répondit pas, se hâta d'ouvrir la chambre du professeur Duclos.

Lit de cuivre. Garde-robe en pitchpin. Linoléum par terre.

« C'était la chambre de qui ? »

Elle dut faire un effort pour articuler :

« De moi... quand je venais...

— Vous veniez souvent ?

— Oui... je... »

C'était bien de la timidité. Les sons mouraient dans sa gorge. Son regard cherchait du secours.

« Alors, comme le professeur était ici, vous avez dormi dans le cabinet de travail de votre beau-frère ?... »

Elle fit signe que oui, en ouvrit la porte. Une table était surchargée de livres, entre autres

d'ouvrages nouveaux sur les compas giroscopi-
ques et sur la commande des navires par ondes
hertziennes. Des sextants. Au mur, des photos
représentant Conrad Popinga en Asie, en Afrique,
en tenue de premier lieutenant ou de capitaine.

Une panoplie d'armes malaises. Des émaux
japonais. Sur des tréteaux, quelques outils de
précision et un compas démonté que Popinga
devait avoir entrepris de réparer.

Un divan recouvert de reps bleu.

« La chambre de votre sœur ?...

— A côté... »

Le cabinet de travail communiquait à la fois
avec la chambre du professeur et avec celle des
Popinga, aménagée avec plus de recherche. Une
lampe d'albâtre à la tête du lit. Un assez beau tapis
persan. Des meubles en bois des îles.

« Vous étiez dans le cabinet de travail... », dit
rêveusement Maigret.

Signe affirmatif.

« Donc, vous ne pouviez en sortir sans passer
par la chambre du professeur ou par celle de votre
sœur ? »

Nouveau signe.

« Or, le professeur était chez lui. Votre sœur
aussi... »

Elle écarquilla les yeux, ouvrit la bouche sous le
coup d'une stupeur inouïe.

« Vous croyez ?... »

Il grommela, en arpentant les trois pièces :

« Je ne crois rien ! Je cherche ! J'élimine ! Et,

jusqu'ici, vous êtes la seule qui puissiez être logiquement éliminée, à moins de croire à la complicité de Duclos ou de Mme Popinga...

— Vous... vous... »

Mais il poursuivait pour lui-même :

« Duclos a pu tirer, soit de sa chambre, soit de la salle de bains, c'est évident !... Mme Popinga aurait pu, elle, pénétrer dans la salle de bains... Mais le professeur, qui y est entré tout de suite après le coup de feu, ne l'y a pas vue... Au contraire ! Il l'a vue qui sortait de chez elle quelques secondes plus tard... »

Ne perdait-elle pas un peu de sa timidité ? L'étudiante reprenait le dessus sur la jeune fille, comme par le fait de cet exposé technique.

« On a pu tirer d'en bas..., dit-elle, le regard plus pointu, son maigre corps tout raidi. Le docteur dit...

— N'empêche que le revolver qui a tué votre beau-frère est bien celui que Duclos avait à la main... A moins que l'assassin ne l'ait lancé au premier étage, par la fenêtre...

— Pourquoi non ?

— Évidemment ! Pourquoi non ? »

Et il descendit sans l'attendre cet escalier qui semblait trop étroit pour lui et dont les marches craquaient sous son poids.

Il retrouva Mme Popinga debout dans le salon, à la même place, eût-on dit, que quand il l'avait quittée. Any le suivait.

« Cornélius venait souvent ici ?

— Presque tous les jours... Il ne prenait des leçons que trois fois par semaine, le mardi, le jeudi et le samedi... Mais il venait les autres jours... Ses parents habitent les Indes... Il y a un mois, il a appris que sa mère était morte, déjà enterrée quand il a reçu la lettre... Alors...

— Et Beetje Liewens ? »

Il y eut une certaine gêne. Mme Popinga regarda Any. Any baissa les yeux.

« Elle venait...

— Souvent ?

— Oui...

— Vous l'invitiez ? »

Cela devenait plus aigu, plus précis. Maigret sentait qu'il avançait, sinon dans la découverte de la vérité, du moins dans la pénétration de la vie de la maison.

« Non... oui...

— Je crois qu'elle n'a pas le même caractère que vous et que Mlle Any ?

— Elle est très jeune, n'est-ce pas ?... Son père était un ami de Conrad... Elle nous apportait des pommes, ou des framboises, ou de la crème...

— Elle n'était pas amoureuse de Cor ?

— Non !... »

C'était catégorique.

« Vous ne l'aimiez pas beaucoup ?

— Pourquoi non ?... Elle venait... Elle riait... Elle parlait tout le temps... Comme un oiseau, vous comprenez ?...

— Vous connaissez Oosting ?

— Oui...

— Il était en relation avec votre mari ?

— L'an dernier, il a fait placer un moteur neuf sur son bateau... Alors, il a demandé conseil à Conrad... Conrad lui a fait les plans... Ils sont allés chasser le *zeehond*... comment dites-vous en français ?... Le chien... oui, le chien de mer, sur les bancs de sable... »

Et soudain :

« Vous pensez que... ? La casquette, peut-être ?... C'est impossible... Oosting !... »

Et elle gémit, à nouveau bouleversée :

« Oosting non plus !... Non ! personne !... Personne ne peut avoir tué Conrad... Vous ne l'avez pas connu... Il... il... »

Elle détourna la tête, parce qu'elle pleurait. Maigret préféra se retirer. On ne lui tendit pas la main et il se contenta de s'incliner en grommelant des excuses.

Dehors, il fut surpris par la fraîcheur humide qui se dégageait du canal. Et, sur l'autre rive, non loin du chantier de réparation de bateaux, il aperçut le Baes en conversation avec un jeune élève de l'École navale en uniforme.

Ils étaient debout tous les deux dans le crépuscule. Oosting semblait discourir avec énergie. Le jeune homme baissait la tête et l'on ne voyait que le pâle ovale de son visage.

Maigret comprit que cela devait être Cornélius. Il en fut sûr quand il distingua un brassard noir sur la manche de drap bleu.

4

LES BOIS FLOTTÉS DE
L' « AMSTERDIEP »

CE ne fut pas une filature au sens strict du mot.
A aucun moment Maigret n'eut en tout cas
l'impression qu'il espionnait quelqu'un.

Il sortait de la maison des Popinga. Il faisait
quelques pas. Il apercevait deux hommes de
l'autre côté du canal, et il s'arrêtait carrément
pour les observer. Il ne se cachait pas. Il était
debout de toute sa taille au bord de l'eau, la pipe
aux dents, mains dans les poches.

Mais c'est peut-être parce qu'il ne se cachait
pas, parce que néanmoins les autres ne l'avaient
pas vu et qu'ils poursuivaient leur entretien
passionné qu'il y eut dans cet instant-là quelque
chose d'émouvant.

La rive du canal sur laquelle se tenaient les
deux hommes était déserte. Un hangar se dressait
au milieu d'un chantier où deux bateaux étaient à
sec, étayés par des madriers. Des canots pourris-
saient hors de l'eau.

Enfin, sur le canal même, les troncs d'arbres,
qui ne laissaient voir qu'un mètre ou deux de la

surface liquide et donnaient au paysage comme un parfum exotique.

C'était le soir. Une demi-obscurité régnait et pourtant l'air restait limpide, laissait aux couleurs toute leur pureté.

Le calme était si intense qu'il surprenait, et que le croassement d'une grenouille, dans une mare lointaine, faisait sursauter.

Le Baes parlait. Il n'élevait pas la voix. Mais on sentait qu'il martelait les syllabes, qu'il voulait être compris ou obéi. Tête basse, le jeune homme en costume d'aspirant écoutait. Il portait des gants blancs qui mettaient deux taches crues, les seules, dans le paysage.

Soudain, il y eut un appel déchirant. C'était un âne qui commençait à braire, derrière Maigret, dans un pré. Et cela suffit pour rompre le charme. Oosting regarda dans la direction de la bête, qui s'en prenait au ciel, aperçut Maigret, laissa errer son regard sur lui, sans broncher.

Il dit encore quelques mots à son compagnon, enfonça le court tuyau de sa pipe en terre dans sa bouche et se dirigea vers la ville.

Cela ne signifiait rien, ne prouvait rien. Maigret marchait, lui aussi, et tous deux cheminaient de conserve, chacun sur une rive de l'*Amsterdiep*.

Mais le chemin que suivait Oosting s'écartait bientôt de la berge. Le Baes ne tardait pas à disparaître derrière de nouveaux hangars. Pendant près d'une minute on continua à entendre le martèlement lourd de ses sabots.

C'était la nuit, à un halo imperceptible près. Des lampes venaient de s'allumer dans la ville et le long du canal, où l'éclairage cessait au-delà de la maison des Wienands. L'autre rive, non habitée, restait dans l'ombre.

Maigret se retourna, sans savoir pourquoi. Il grogna, parce que l'âne lançait un nouvel hihan désespéré.

Et il vit au loin, plus loin que les maisons, deux petites taches blanches qui dansaient au-dessus du canal. C'étaient les gants de Cornélius.

Si l'on n'y prêtait attention, et surtout si l'on oubliait que la surface de l'eau était encombrée par des arbres, le spectacle était fantomatique. Ces mains qui s'agitaient dans le vide. Le corps qui se confondait avec la nuit. Et sur l'eau le reflet de la dernière lampe électrique.

On n'entendait plus les pas d'Oosting. Maigret s'achemina vers les dernières maisons, passa à nouveau devant celle des Popinga, puis devant celle des Wienands.

Il ne se cachait toujours pas, mais il savait qu'il devait lui aussi se confondre avec la nuit. Il suivait les gants des yeux. Il comprenait. Cornélius, pour ne pas faire le tour par Delfzijl, où il y avait un pont sur le canal, franchissait l'eau en s'aidant des troncs d'arbres qui formaient radeau. Au milieu, il avait un bond de deux mètres à faire. Les mains blanches s'agitèrent davantage, décrivirent une courbe rapide et l'eau clapota.

Quelques secondes plus tard, il marchait le long

de la berge, suivi, à cent mètres à peine, par
Maigret.

Ce fut inconscient de part et d'autre, et d'ailleurs Cornélius devait ignorer la présence du
commissaire. Toujours est-il que, dès les premiers
pas qu'ils firent, ils étaient en cadence, si bien que
les crissements de la cendrée se confondaient.

Maigret s'en rendit compte, parce qu'à certain
moment son pied buta et que pendant un dixième
de seconde le synchronisme cessa d'être absolu.

Il ne savait pas où il allait. Et pourtant son pas
devenait plus rapide à mesure que le jeune homme
marchait plus vite. Mieux : il se sentait emporté
peu à peu par une sorte de vertige.

Au début, les pas étaient longs, réguliers. Ils se
raccourcissaient. Ils se précipitaient.

A l'instant précis où Cornélius passait devant le
chantier de bois, un véritable concert de grenouilles éclata et il y eut un arrêt net.

Cornélius avait-il peur ? La marche reprit, mais
plus irrégulière encore, avec parfois du flotte-
ment, d'autres fois, au contraire deux ou trois pas
si rapides qu'on eût pu croire qu'il allait courir.

Dès lors, ce fut fini du silence, car le chœur des
grenouilles ne cessa plus. Il remplissait toute la
nuit.

Et le pas s'accélérait. Le phénomène continuait : Maigret, à force de marcher à la cadence
de son compagnon, sentait littéralement son état
d'âme.

Cornélius avait peur ! Il marchait vite parce

qu'il avait peur ! Il avait hâte d'arriver. Mais, quand il passait près d'une ombre aux contours étranges, tas de bois, arbre mort, buisson, son pied restait en l'air un dixième de seconde de plus.

Le canal tourna. Cent mètres plus loin, dans la direction de la ferme, c'était le court espace éclairé par les rayons du phare.

Et le jeune homme sembla trébucher sur cette lumière. Il se retourna. Il la traversa en courant, en se retournant encore.

Il l'avait dépassée et il se retournait toujours tandis que Maigret entrait tranquillement dans la zone lumineuse, de toute sa largeur, de tout son volume, de tout son poids.

L'autre ne pouvait pas ne pas le voir. Il s'arrêta. Le temps de reprendre son souffle. Il repartit.

La lumière était derrière eux. Devant, c'était une fenêtre éclairée : celle de la ferme. Le chant des grenouilles ne les suivait-il pas ? Ils avaient beau s'éloigner, il restait aussi proche, les enveloppait comme si les bêtes eussent été des centaines à les escorter.

Arrêt brusque, définitif, à cent mètres de la maison. Une silhouette se détacha du tronc d'un arbre. Une voix chuchota.

Maigret ne voulait pas retourner en arrière. C'eût été ridicule. Il ne voulait pas se cacher. Au surplus, il était trop tard puisqu'il avait traversé les rayons du phare.

On savait qu'il était là. Il alla de l'avant,

lentement, dérouté de n'avoir plus un autre pas pour faire écho au sien.

L'obscurité était très dense, parce qu'il y avait des arbres à l'épais feuillage des deux côtés de la route. Mais il y avait un gant blanc sur quelque chose...

Une étreinte... La main de Cornélius derrière la taille d'une jeune fille, de Beetje...

Encore cinquante mètres tout au plus... Maigret marqua un temps d'arrêt, tira des allumettes de sa poche, en fit flamber une pour allumer sa pipe, marquant ainsi sa position exacte.

Puis il s'avança. Les amoureux remuaient. Quand il ne fut qu'à dix mètres, la silhouette de Beetje se détacha, vint se camper au milieu de la route, le visage tourné vers lui comme pour l'attendre. Et Cornélius restait adossé à un tronc d'arbre.

Huit mètres...

La fenêtre de la ferme était toujours éclairée derrière eux. Un simple rectangle rougeâtre.

Soudain un petit cri rauque, indescriptible, un cri de peur, d'énervement, un de ces cris qui précèdent les sanglots, les larmes, comme un déclic.

C'était Cornélius qui pleurait, la tête dans les mains, collé à l'arbre comme pour se protéger.

Beetje était devant Maigret. Elle portait un manteau, mais le commissaire constata qu'en dessous elle était en chemise de nuit, qu'elle avait les jambes nues, les pieds nus dans des pantoufles.

« Il ne faut pas faire attention... »

Elle était calme, elle ! Elle lança même à
Cornélius un regard de reproche, d'impatience.

Il leur tournait le dos. Il essayait de se calmer. Il
n'y parvenait pas et il avait honte de son émoi.

« Il est nerveux... Il croit...

— Que croit-il ?

— Que c'est lui qu'on va accuser... »

Le jeune homme continuait à se tenir à l'écart.
Il s'essuya les yeux. Est-ce qu'il n'allait pas
s'enfuir à toutes jambes ?...

« Je n'ai encore accusé personne ! prononça
Maigret pour dire quelque chose.

— N'est-ce pas ?... »

Et, tournée vers son compagnon, elle lui parla
en néerlandais. Maigret crut comprendre ou plutôt deviner :

« Tu vois ! Le commissaire ne t'accuse pas ! Il
faut te calmer... C'est enfantin !... »

Mais elle se tut brusquement. Elle resta immobile, à tendre l'oreille. Maigret n'avait rien
entendu. Quelques secondes plus tard, il crut
percevoir un craquement, lui aussi, dans la direction de la ferme.

Cela suffit à ranimer Cornélius qui regarda tout
autour de lui, les traits tirés, les sens en éveil.

Personne ne parlait.

« Vous avez entendu ?... » fit Beetje dans un
souffle.

Le jeune homme voulut s'avancer vers l'endroit

d'où provenait le bruit, avec une bravoure de jeune coq. Sa respiration était forte.

Il était trop tard. L'ennemi était beaucoup plus près qu'on l'avait supposé.

C'est à dix mètres, qu'une silhouette se dressait, reconnaissable au premier coup d'œil : celle du fermier Liewens, qui n'avait que des chaussons aux pieds.

« Beetje !... » appela-t-il.

Elle n'osa pas répondre tout de suite. Mais, comme il répétait le nom, elle soupira craintivement :

« Ya !... »

Liewens avançait toujours. Il passa d'abord devant Cornélius qu'il feignit de ne pas voir. Peut-être n'avait-il pas encore aperçu Maigret ?

Toujours est-il que c'est devant celui-ci qu'il se campa, l'œil dur, les narines frémissantes de colère. Il se contenait. Il restait rigoureusement immobile. Quand il parla, ce fut en se tournant vers sa fille, et d'une voix incisive, assourdie.

Deux ou trois phrases. Elle resta tête basse. Alors il répéta plusieurs fois le même mot d'un ton de commandement et Beetje articula en français :

« Il veut que je vous dise... »

Son père l'épiait, comme pour deviner si elle traduisait exactement son discours.

« ... qu'en Hollande les policiers ne donnent pas de rendez-vous aux jeunes filles la nuit dans la campagne... »

Maigret rougit comme cela lui était rarement arrivé. Un flot de sang chaud fit bourdonner ses oreilles.

L'accusation était tellement stupide ! Elle révélait une telle mauvaise foi !...

Car enfin, Cornélius était là, tapi dans l'ombre, l'œil inquiet, les épaules serrées !

Et le père devait quand même bien savoir que c'était pour lui que Beetje était sortie ! Alors ?... Que répondre ?... Surtout en passant par le truchement d'une traductrice !...

D'ailleurs on n'attendait même pas sa réponse ! Le fermier faisait claquer ses doigts, comme pour appeler un chien, montrait le chemin à sa fille qui hésitait, qui se tournait vers Maigret, n'osait pas regarder son amoureux et marchait enfin devant son père.

Cornélius n'avait pas bougé. Il leva pourtant la main, peut-être pour arrêter le fermier au passage, mais il la laissa retomber. Le père et la fille s'éloignèrent. La porte de la ferme claqua un peu plus tard.

Est-ce que les grenouilles s'étaient tues pendant cette scène ? On n'eût pu l'affirmer, mais leur concert devint un vacarme assourdissant.

« Vous parlez le français ? »

Cornélius ne répondit pas.

« Vous parlez le français ?

— Petit peu... »

Il regardait haineusement Maigret, ne desserrant les dents qu'à regret, se tenait de travers comme pour donner moins de prise à une attaque.

« Pourquoi avez-vous si peur ? »

Des larmes jaillirent, mais pas un sanglot. Cornélius se moucha longuement. Ses mains tremblaient. Peut-être allait-il avoir une nouvelle crise ?

« Vous craignez vraiment qu'on vous accuse d'avoir tué votre professeur ?... »

Et Maigret ajouta d'une voix bourrue :

« Marchons !... »

Il le poussa dans la direction de la ville. Il parla longuement, parce qu'il sentait que la moitié des mots échappaient à son interlocuteur.

« C'est pour vous que vous avez peur ? »

Un gosse ! Un maigre visage, aux traits encore flous, à la peau pâle. Des épaules étroites dans l'uniforme collant. La casquette d'aspirant de marine achevait de l'écraser, d'en faire un gamin habillé en marin.

Et de la défiance dans toutes ses attitudes, dans l'expression de sa physionomie. Si Maigret eût parlé fort, sans doute eût-il levé les bras pour parer les coups !

Le brassard noir, pourtant, apportait une note sévère, pitoyable. N'était-ce pas un mois plus tôt que le gosse avait appris que sa mère était morte aux Indes, peut-être un soir que lui, à Delfzijl, était très gai, peut-être le soir du bal annuel de l'école ?

Il retournerait chez lui dans deux ans, avec le

grade de troisième officier et son père irait lui
montrer une tombe déjà vieille, voire une autre
femme installée dans la maison.

Et la vie commencerait sur un grand vapeur :
les heures de quart, les escales, Java-Rotterdam,
Rotterdam-Java, deux jours ici, cinq ou six heures
là...

« Où étiez-vous au moment où le professeur a
été tué ? »

Le sanglot jaillit, terrible, déchirant. Le gamin
prit les deux revers de Maigret dans ses mains
gantées de blanc qui tremblaient convulsivement.

« Pas vrai !... Pas vrai !... répéta-t-il une dizaine
de fois pour le moins... *Nein !...* vous pas comprendre !... Pas... Non !... Pas vrai... »

Ils se heurtaient à nouveau au pinceau laiteux
du phare. La lumière les aveuglait, les sculptait,
mettant tous les détails en relief.

« Où étiez-vous ?...

— Par là... »

Par là, c'était la maison des Popinga, le canal
qu'il devait avoir l'habitude de traverser en sau-
tant de tronc d'arbre en tronc d'arbre.

Ce détail était grave. Popinga était mort à
minuit moins cinq. Cornélius était rentré à son
bord à minuit cinq.

Or, pour parcourir le chemin par la route
normale, c'est-à-dire par la ville, il fallait près de
trente minutes.

Mais six ou sept seulement en franchissant le
canal de la sorte et en évitant le détour !

Maigret marchait, lourd et lent, à côté du jeune homme qui tremblait comme une feuille, et, au moment où retentit une fois encore le cri de l'âne, Cornélius tressaillit, pantela des pieds à la tête comme s'il eût été sur le point de s'enfuir à toutes jambes.

« Vous aimez Beetje ? »

Silence obstiné.

« Vous l'avez vue revenir, après que votre professeur l'eut reconduite ?...

— Ce n'est pas vrai !... Pas vrai !... Pas vrai !... »

Maigret fut sur le point de le calmer d'une bonne bourrade.

Et pourtant il l'enveloppa d'un regard indulgent, peut-être affectueux.

« Vous voyez Beetje tous les jours ? »

Silence encore.

« A quelle heure devez-vous être rentré au bateau-école ?

— Dix heures... Sauf permission... quand j'allais chez le professeur, moi pouvoir...

— Rentrer plus tard ! Donc, pas ce soir ?... »

Ils étaient au bord du canal, à l'endroit même où Cornélius l'avait traversé. Maigret, tout naturellement, se dirigea vers les troncs, posa le pied sur l'un d'eux, faillit tomber à l'eau parce qu'il manquait d'habitude et que le bois roulait sous sa semelle.

Cornélius hésitait.

« Allons ! Il va être dix heures... »

Le gamin s'étonna. Il devait s'attendre à ne plus jamais revoir le bateau-école, à être arrêté, jeté en prison...

Et voilà que le terrible commissaire le reconduisait, prenait son élan pour bondir comme lui pardessus les deux mètres d'eau du milieu du canal. Ils s'éclaboussèrent mutuellement. Sur l'autre rive, Maigret s'arrêta pour essuyer son pantalon.

« Où est-ce ? »

Il n'était pas encore allé de ce côté. C'était un grand terrain vague situé entre l'*Amsterdiep* et le nouveau canal, large et profond, accessible aux bateaux de mer.

En se retournant, le commissaire aperçut une fenêtre éclairée, au premier étage de la maison Popinga. Il y avait une silhouette, celle d'Any, en mouvement derrière le rideau. C'était le cabinet de travail de Popinga.

Mais on ne pouvait deviner à quelle tâche s'obstinait la jeune avocate.

Cornélius s'était un peu calmé.

« Je jure..., commença-t il.

— Non ! »

Cela le désarçonna. Il regarda son compagnon avec un tel ahurissement que Maigret lui tapota l'épaule en disant :

« Il ne faut jamais jurer !... Surtout dans votre situation... Est-ce que vous auriez épousé Beetje ?...

— Ya !... Ya !...

— Son père aurait accepté ?... »

Silence. Tête basse, Cornélius marchait toujours, parmi les vieilles barques mises à sec qui
encombraient le terrain.

On aperçut la large surface de l'*Ems-Canal*. A
un coude se dressait un gros bateau noir et blanc
dont tous les hublots étaient illuminés. Une proue
très haute. Un mât et ses vergues.

C'était un ancien bateau de la marine de guerre
néerlandaise, un bateau de cent ans, qu'on avait
amarré là, incapable désormais de naviguer, pour
loger les élèves de l'École navale.

Alentour, des silhouettes sombres, des lueurs
de cigarettes. Une rumeur de piano venant de la
salle de jeu.

Soudain une cloche agitée à la volée, tandis que
toutes les silhouettes éparses sur le quai se formaient en essaim devant la passerelle et qu'au
loin, sur le chemin conduisant à la ville, quatre
retardataires arrivaient en courant.

Une vraie rentrée de classe, bien que tous ces
jeunes gens de seize à vingt-deux ans portassent
l'uniforme d'officier de marine, les gants blancs,
la casquette rigide aux galons dorés.

Un vieux quartier-maître, accoudé au bastin-
gage, les regardait défiler un à un en fumant sa
pipe.

C'était vibrant, jeune, allègre. Des plaisanteries
se croisaient, que Maigret ne pouvait comprend-
dre. Les cigarettes étaient jetées au moment de
franchir la passerelle. Et, à bord, des poursuites
continuaient, des feintes de bataille.

Les retardataires, essoufflés, atteignaient la passerelle. Cornélius, les traits tirés, les yeux rouges, le regard fiévreux, se tourna vers Maigret.

« Allons, va !... » grommela celui-ci.

L'autre comprit mieux le geste que les mots, porta la main à sa casquette, esquissa gauchement un salut militaire, ouvrit la bouche pour parler.

« Ça va !... File... »

Car le quartier-maître allait rentrer, tandis qu'un élève prenait sa faction à l'entrée.

A travers les hublots, on pouvait apercevoir les jeunes gens qui déployaient les hamacs, lançaient leurs vêtements au petit bonheur.

Maigret resta à la même place jusqu'à ce qu'il eût vu Cornélius pénétrer dans la pièce, timide, gêné, les épaules de travers, recevoir un oreiller en pleine figure et se diriger vers un des hamacs du fond.

Une autre scène allait commencer, plus haute en couleur. Le commissaire n'avait pas fait dix pas dans la direction de la ville qu'il apercevait Oosting qui, comme lui, était venu assister à la rentrée des élèves.

Ils étaient tous les deux d'un certain âge, et gros, et lourds, et calmes.

Est-ce qu'ils n'étaient pas ridicules l'un comme l'autre en venant regarder des gosses qui grimpaient dans leur hamac et se battaient à coups d'oreiller ?

N'avaient-ils pas l'air de grosses mères poules surveillant un poussin aventureux ?

Ils se regardèrent. Le Baes ne broncha pas, mais toucha le bord de sa casquette.

Ils savaient d'avance que toute conversation était impossible entre eux, étant donné qu'ils ne parlaient pas la même langue.

« *Goed avond...*, grommela pourtant l'homme de Workum.

— Bonne nuit ! » fit Maigret comme un écho.

Ils suivaient la même route, un chemin qui, après deux cents mètres environ, devenait rue et pénétrait dans la ville.

Ils marchaient à peu près à même hauteur. Pour les séparer, il eût fallu que l'un d'eux ralentît ostensiblement le pas et ils ne voulaient le faire ni l'un ni l'autre.

Oosting en sabots. Maigret en tenue de ville. Ils fumaient tous les deux la pipe, à cette différence près que celle de Maigret était en bruyère et celle du Baes en terre blanche.

La troisième maison qu'ils aperçurent était un café et Oosting y entra, après avoir secoué ses sabots, qu'il laissa d'ailleurs sur le paillasson, selon la mode hollandaise.

Maigret ne réfléchit qu'une seconde, entra à son tour.

Ils étaient une dizaine de marins et de mariniers autour de la même table, à fumer des pipes et des cigares, à boire de la bière et du genièvre.

Oosting serra quelques mains, avisa une chaise sur laquelle il s'assit lourdement, écouta la conversation générale.

Maigret s'installa à l'écart, sentant bien qu'en réalité l'attention était concentrée sur sa personne. Le patron, qui était dans le groupe, attendit quelques instants avant de venir lui demander ce qu'il buvait.

Le genièvre coula d'une fontaine de porcelaine et de cuivre. C'était son odeur qui régnait là comme dans tous les cafés hollandais et qui rendait l'atmosphère si différente de celle d'un café de France.

Les petits yeux d'Oosting riaient chaque fois qu'ils se fixaient sur le commissaire.

Celui-ci allongea les jambes, les rentra sous sa chaise, les allongea à nouveau, bourra une pipe, par contenance, et le patron se leva tout exprès pour venir lui donner du feu.

« *Moïe veer !...* »

Maigret ne comprenait pas, fronçait les sourcils, faisait répéter.

« *Moïe veer, ya !... Oost vind...* »

Tous les autres écoutaient, se poussaient du coude. Il y eut quelqu'un pour montrer la fenêtre, le ciel étoilé.

« *Moïe veer !... Bel temps !...* »

Et il essayait d'expliquer que le vent venait de l'est, ce qui était parfait.

Oosting choisissait parmi les cigares d'une caisse. Il en remua cinq ou six qu'on avait posés devant lui. Ostensiblement, il prit un manille noir comme du charbon dont il cracha le bout par terre avant de l'allumer.

Puis il montra sa casquette neuve à ses compa-
gnons.

« *Vier gulden...* »

Quatre florins ! Quarante francs ! Ses yeux
rigolaient toujours.

Mais quelqu'un entra, qui déploya un journal,
parla des derniers cours du fret à la bourse
d'Amsterdam.

Et dans la conversation animée qui suivait,
pareille à une dispute, à cause des voix sonores et
de la dureté des syllabes, on oublia Maigret qui
tira de la petite monnaie d'argent de sa poche et
alla se coucher à l'hôtel Van Hasselt.

5

LES HYPOTHÈSES DE JEAN DUCLOS

Du café Van Hasselt, où il prenait le lendemain matin son petit déjeuner, Maigret assista à la perquisition qui ne lui avait pas été annoncée. Il est vrai qu'il s'était contenté d'une brève entrevue avec la police néerlandaise.

Il pouvait être huit heures du matin. La brume n'était pas tout à fait dissipée, mais on sentait que le soleil d'une belle journée était derrière elle. Un cargo finlandais sortait du port, traîné par un remorqueur.

Devant un petit café, à l'angle du quai, il y avait une grande réunion d'hommes, tous en sabots et en casquette de marin, qui discutaient par petits groupes.

C'était la bourse des *schippers*, c'est-à-dire des mariniers dont les bateaux de tous modèles emplissaient un bassin du port, grouillants de femmes et d'enfants.

Plus loin, un autre groupe, une poignée d'hommes : le Club des Rats de Quai.

Or, deux gendarmes en uniforme venaient

d'arriver. Ils étaient montés sur le pont du bateau
d'Oosting et celui-ci avait jailli de l'écoutille, car,
quand il était à Delfzijl, il couchait toujours à son
bord.

Un civil arrivait à son tour : M. Pijpekamp,
l'inspecteur qui avait la direction de l'enquête. Il
retira son chapeau, parla poliment. Les deux
gendarmes disparurent à l'intérieur.

La perquisition commençait. Tous les *schippers*
s'en étaient aperçus. Et pourtant il n'y eut pas le
moindre rassemblement, pas même un mouvement de curiosité apparente.

Le Club des Rats de Quai ne bronchait pas
davantage. Quelques regards, en tout et pour
tout.

Cela dura une bonne demi-heure. Les gendarmes, en sortant, firent le salut militaire. M. Pijpekamp parut s'excuser.

Seulement, ce matin-là, le Baes n'eut pas l'air
de vouloir descendre à terre. Au lieu d'aller
rejoindre le groupe de ses amis un peu plus loin, il
s'assit sur le banc de quart, jambes croisées,
regarda vers le large où le cargo finlandais évoluait
lourdement, et resta immobile à fumer sa pipe.

Quand Maigret se retourna, Jean Duclos descendait de sa chambre, les bras encombrés d'une
serviette, de livres, de dossiers qu'il alla poser sur
la table qu'il s'était réservée.

Il affecta de questionner, sans saluer Maigret :
« Eh bien ?... »

— Eh bien, je crois que je vous souhaite le bonjour... »

L'autre le regarda avec un certain étonnement, haussa les épaules, comme pour dire que ce n'était vraiment pas la peine de se froisser.

« Vous avez découvert quelque chose ?

— Et vous ?

— Vous savez bien qu'en principe je n'ai pas le droit de sortir d'ici. Votre collègue hollandais a heureusement compris que mes connaissances pouvaient lui être utiles et je suis tenu au courant des résultats de l'enquête... Ce sont des usages dont pourrait parfois s'inspirer la police française...

— Parbleu ! »

Le professeur se précipita vers Mme Van Hasselt qui entrait, les cheveux sur des épingles, la saluait comme il l'eût fait dans un salon et lui demandait apparemment des nouvelles de sa santé.

Maigret, lui, regardait les papiers étalés, reconnaissait de nouveaux plans et schémas, non seulement de la maison des Popinga, mais de la ville presque entière, avec des traits pointillés qui devaient figurer le chemin suivi par certaines personnes.

Le soleil, qui traversait les vitraux multicolores des fenêtres, emplissait la salle aux cloisons vernies de lumière verte, rouge et bleue. Un camion de brasseur s'était arrêté devant la porte et pendant toute la conversation qui suivit, deux colosses ne cessèrent de rouler des tonneaux sur le plancher, surveillés par Mme Van Hasselt en toilette du matin. Jamais l'odeur de genièvre et de bière n'avait été aussi dense. Jamais non plus Maigret n'avait senti à ce point la Hollande.

« Vous avez découvert le coupable ? » dit-il, mi-figue, mi-raisin, en désignant les dossiers.

Un regard vif, aigu de Duclos. Et la réplique :

« Je commence à croire que les étrangers ont raison ! Le Français est avant tout un homme qui ne peut renoncer à l'ironie... En l'occurrence, elle tombe à faux, monsieur ! »

Maigret le regardait en souriant, nullement démonté. Et l'autre poursuivait :

« Je n'ai pas découvert l'assassin, non ! J'ai peut-être fait un peu plus. J'ai analysé le drame. Je l'ai disséqué. J'en ai isolé tous les éléments et maintenant...

— Maintenant ?...

— C'est sans doute un homme comme vous qui, profitant de mes déductions, terminera l'affaire. »

Il s'était assis. Il était bien décidé à parler, même dans cette ambiance que lui-même avait rendue hostile. Maigret s'installa en face de lui, commanda un verre de *Bols*.

« Je vous écoute !

— Vous remarquerez d'abord que je ne vous demande même pas ce que vous avez fait ni ce que

vous pensez. J'en arrive au premier assassin
possible, c'est-à-dire moi... J'avais, si je puis dire,
la position stratégique la meilleure pour tuer
Popinga et, en outre, on m'a vu avec l'arme du
crime à la main quelques instants après l'atten-
tat...

« Je ne suis pas riche, et, si je suis connu dans le
monde entier, ou à peu près, c'est par un petit
nombre d'intellectuels. J'ai une existence difficile,
médiocre... Seulement, il n'y a pas eu vol et
d'aucune manière je ne pouvais espérer un profit
de la mort du professeur...

« Attendez ! Cela ne veut pas dire qu'on ne
puisse retenir de charges contre moi. Et l'on ne
manquera pas de rappeler qu'au cours de la
soirée, comme nous discutions police scientifique,
j'ai défendu la thèse qu'un homme intelligent
commettant un crime, de sang-froid, en faisant
appel à toutes ses facultés, pouvait tenir tête à une
police mal instruite...

« D'où des gens déduiront que j'ai voulu illus-
trer ma théorie par un exemple. Entre nous, je
puis vous affirmer que, s'il en était ainsi, la
possibilité de me soupçonner n'eût même pas
existé.

— A votre santé ! dit Maigret qui suivait les
allées et venues des brasseurs au col de taureau.

— Je continue. Et je prétends que, si je n'ai pas
commis ce crime, que s'il a été commis néanmoins, comme tout le laisse supposer, par quel-

qu'un se trouvant dans la maison, toute la famille est coupable...

« Ne sursautez pas ! Regardez ce plan ! Et surtout essayez de comprendre les quelques considérations psychologiques que je vais développer... »

Cette fois, Maigret ne put s'empêcher de sourire devant la condescendance méprisante du professeur.

« Vous avez sans doute entendu dire que Mme Popinga, née Van Elst, appartient à la branche la plus rigoriste de l'Église protestante. Son père, à Amsterdam, fait figure de farouche conservateur. Et sa sœur Any, à vingt-cinq ans, se mêle déjà de politique, avec les mêmes idées...

« Vous n'êtes ici que depuis hier et il y a bien des traits de mœurs que vous ne connaissez pas encore. Par exemple savez-vous qu'un professeur à l'École navale s'attirerait une sévère réprimande de ses supérieurs si on le voyait seulement entrer dans un café comme celui-ci ?

« L'un d'eux a été cassé uniquement parce qu'il s'obstinait à recevoir un journal qui passe pour avancé...

« Je n'ai vu Popinga qu'un soir. Cela m'a suffi, surtout après avoir entendu parler de lui...

« Vous diriez un bon garçon ! Et même un bon gros garçon ! Un visage poupin !... Des yeux clairs, joyeux !...

« Seulement il a voyagé, comme marin. Il a endossé, au retour, comme un uniforme d'austérité. Mais l'uniforme craquait à toutes les coutures...

« Comprenez-vous ? Vous allez sourire ! Un sourire de Français. Il y a quinze jours, c'était la réunion hebdomadaire du club auquel il appartenait... Les Hollandais, n'allant pas au café, se réunissent sous prétexte de club dans une salle qui leur est réservée, jouent au billard, au bowling...

« Eh bien, il y a quinze jours, Popinga, à onze heures du soir, était ivre... La même semaine, l'œuvre que préside sa femme faisait une collecte pour acheter des vêtements aux indigènes des îles océaniennes. Et l'on a entendu Popinga affirmer, les joues rouges, les yeux brillants :

« — Quelle sottise ! Alors qu'ils sont si bien « tout nus !... Mais au lieu de leur acheter des « vêtements, nous ferions mieux dc les imiter... »

« Naturellement, vous souriez ! Cela n'a l'air de rien ! N'empêche que le scandale dure encore, que si les obsèques de Popinga ont lieu à Delfzijl, il y aura des gens pour éviter de s'y rendre !

« Je n'ai pris qu'un détail, entre cent, entre mille ! C'est sur toutes les coutures, comme je vous l'ai dit, que Popinga faisait craquer sa carapace de respectabilité !

« Tâchez seulement de mesurer l'importance du fait de s'enivrer, ici ! Des élèves l'ont rencontré dans cet état ! C'est peut-être pour cela qu'ils l'adorent !

« Maintenant, reconstituez l'atmosphère de la

maison au bord de l'*Amsterdiep*. Souvenez-vous de
Mme Popinga, d'Any...

« Regardez par la fenêtre. Des deux côtés, vous
voyez le bout de la ville. C'est tout petit. Tout le
monde se connaît. Un scandale ne met pas une
heure à être connu de la population entière...

« Jusqu'aux relations de Popinga avec celui
qu'on appelle le Baes et qui, il faut bien le dire, est
une espèce de brigand! Ils sont allés chasser le
chien de mer ensemble. Le professeur buvait du
genièvre à bord du bateau d'Oosting...

« Je ne vous demande pas de conclure tout de
suite. Je répète seulement, retenez bien la phrase,
que *si le crime a été commis par quelqu'un de la
maison, c'est toute la maison qui est coupable*...

« Reste cette petite folle de Beetje que Popinga
ne manquait jamais de reconduire... Voulez-vous
encore un trait de caractère ? Cette Beetje est la
seule à se baigner chaque jour, non avec un
costume de bain à jupe, comme toutes les dames
d'ici, mais en maillot collant... Et rouge par
surcroît !...

« Je vous laisse poursuivre votre enquête. J'ai
tenu à vous donner quelques éléments que la
police a l'habitude de négliger...

« Quant à Cornélius Barens, pour moi, il fait
partie de la famille, côté femmes...

« D'une part, si vous voulez, Mme Popinga, sa
sœur Any et Cornélius...

« De l'autre, Beetje, Oosting et Popinga...

« Si vous avez compris ce que je vous ai dit, vous arriverez peut-être à un résultat.

— Une question ! dit gravement Maigret.

— Je vous écoute.

— Vous êtes protestant aussi ?

— J'appartiens à l'Église réformée, sans appartenir à la même Église...

— De quel côté de la barricade vous placez-vous ?

— Je n'aimais pas Popinga !

— Si bien que ?...

— Je réprouve le crime, quel qu'il soit !

— N'a-t-il pas joué du jazz et dansé, tandis que vous parliez à ces dames ?...

— Un trait de caractère encore que je n'avais pas songé à vous communiquer. »

Maigret était magnifique de sérieux, voire de solennité, tandis qu'il se levait en déclarant :

« En somme, qui me conseillez-vous de faire arrêter ? »

Le professeur Duclos eut un haut-le-corps.

« Je n'ai pas parlé d'arrestation. Je vous ai donné quelques directives générales, dans le domaine de l'idée pure, si je puis dire...

— Évidemment !... Mais, à ma place ?...

— Je n'appartiens pas à la police ! Je poursuis la vérité pour la vérité et le fait que je suis moi-même soupçonné n'est même pas capable d'influencer mon jugement...

— Si bien qu'il ne faut arrêter personne ?

— Je n'ai pas dit cela... Je...

— Je vous remercie ! » conclut Maigret en tendant la main.

Et il frappa son verre avec une pièce de monnaie pour appeler la patronne. Duclos le regarda de travers.

« Un geste à éviter ici ! murmura-t-il. Du moins si vous voulez passer pour un gentleman... »

On refermait la trappe par où l'on avait laissé descendre les tonneaux de bière à la cave. Le commissaire paya, jeta un dernier regard aux plans.

« Donc, ou bien vous, ou bien toute la famille...

— Je n'ai pas dit cela... Écoutez... »

Mais il était déjà à la porte. Dos tourné, il laissait ses traits se détendre et, s'il ne riait pas à gorge déployée, du moins avait-il un sourire ravi.

Dehors, c'était un bain de soleil, de douce chaleur, de quiétude. Le quincaillier était sur le pas de sa porte. Le petit Juif qui vendait du matériel pour bateaux comptait ses ancres et les marquait d'un trait de peinture rouge.

La grue déchargeait toujours du charbon. Des *schippers* hissaient leur voile, non pour partir, mais pour faire sécher la toile. Et dans le fouillis de mâts c'étaient comme de grandes draperies qui se balançaient mollement, blanches ou brunes.

Oosting fumait sa courte pipe en terre, à l'arrière de son cotre. Quelques Rats de Quai discutaient sans fièvre.

Mais, si l'on se tournait vers la ville, on voyait

les maisons de bourgeois, bien peintes, avec leurs vitres nettes, leurs rideaux immaculés, des plantes grasses à toutes les fenêtres. Au-delà de ces fenêtres, une ombre impénétrable.

Cela ne prenait-il pas un sens nouveau, à la lueur de la conversation de Jean Duclos ?

D'une part, ce port, les hommes en sabots, les bateaux, les voiles, l'odeur de goudron et d'eau salée...

De l'autre, ces maisons bien closes, aux meubles cirés, aux tapisseries sombres, où l'on discutait quinze jours durant d'un professeur de l'École navale qui avait bu un verre ou deux de trop.

Un même ciel, d'une limpidité de rêve. Mais quelle frontière entre ces deux mondes !

Alors Maigret imaginait Popinga, qu'il n'avait jamais vu, même mort, mais qui avait une bonne tête rose trahissant ses gros appétits.

Il l'imaginait à cette frontière, regardant le bateau d'Oosting, le cinq-mâts dont l'équipage avait écumé tous les ports de l'Amérique du Sud, les paquebots hollandais au-devant desquels, en Chine, venaient des jonques pleines de femmes menues et jolies comme des bibelots d'étagère...

On ne lui permettait qu'un canot anglais bien verni, orné de cuivres astiqués, sur les eaux plates de l'*Amsterdiep,* où il fallait se glisser entre les troncs d'arbres venus du Nord et des forêts équatoriales.

Il sembla à Maigret que le Baes le regardait d'une façon spéciale, comme s'il eût voulu s'ap-

procher de lui, lui parler. Mais c'était impossible !
Ils ne pouvaient pas échanger deux mots !

Oosting le savait, restait immobile, se conten-
tait de fumer un tout petit peu plus vite, tandis
que ses paupières se fermaient à demi à cause du
soleil.

Cornélius Barens, à cette heure, était assis sur
les bancs de l'école et écoutait quelque leçon de
trigonométrie ou d'astronomie. Il devait encore
être tout pâle.

Le commissaire allait s'asseoir sur une bitte
d'amarrage en bronze quand il aperçut l'inspecteur Pijpekamp qui s'avançait vers lui, la main
tendue.

« Vous avez découvert quelque chose, ce matin,
à bord du bateau ?

— Pas encore... C'est une formalité...

— Vous soupçonnez Oosting ?

— Il y a la casquette...

— Et le cigare !

— Non ! Le Baes fume seulement des *brésil* et
celui-là était un *manille*...

— Si bien que... ? »

Pijpekamp l'entraîna un peu plus loin, pour ne
pas rester sous le regard du patron de l'île de
Workum.

« Le compas du bord a appartenu à un bateau
d'Helsingfors... Les bouées de sauvetage viennent
d'un charbonnier anglais... Et tout comme ça...

— Des vols ?...

— Non ! C'est toujours ainsi ! Quand un cargo

arrive dans un port, il y a toujours quelqu'un, un mécanicien, un troisième officier, un matelot, quelquefois le capitaine, pour revendre quelque chose... Vous comprenez ?... On dit à la compagnie que les bouées ont été enlevées par un paquet de mer... Que le compas ne marchait plus... Et les feux de position !... Et tout !... Quelquefois même un canot !...

— Si bien que cela ne prouve rien !

— Rien ! Le juif, dont vous voyez la boutique, ne vit que de ce trafic...

— Alors, votre enquête... ? »

L'inspecteur détourna la tête d'un air ennuyé.

« Je vous ai dit que Beetje Liewens n'était pas rentrée tout de suite... Elle est revenue sur ses pas... C'est correct ?... C'est français ?...

— Mais oui ! Allez-y !...

— Peut-être elle n'a pas tiré...

— Ah ! »

L'inspecteur n'était décidément pas à son aise. Il éprouva le besoin de baisser la voix, d'entraîner Maigret vers une partie du quai absolument déserte pour poursuivre :

« Il y a le tas de bois... Vous connaissez ?... Le *timmerman...* vous dites en français le charpentier... Oui !... Le charpentier prétend qu'il a déjà vu, le soir, Beetje et M. Popinga... Oui !... Tous les deux...

— Installés à l'ombre du tas de bois, quoi !

— Oui... Et je pense...

— Vous pensez ?...

— Il pouvait y avoir deux autres personnes autour... Voilà ! Le jeune homme de l'école, Cornélius Barens. Il voulait épouser Beetje... On a trouvé la photographie de la jeune fille dans sa cantine...

— Vraiment ?...

— Puis M. Liewens... Le père de Beetje... Il est très important... Élevage de vaches pour l'exportation... Il en envoie même en Australie... Il est veuf... Il n'a pas d'autre enfant...

— Il aurait pu tuer Popinga ? »

L'inspecteur était tellement contraint que Maigret en avait presque pitié. On sentait que cela lui était pénible d'accuser un homme important, élevant des vaches expédiées ensuite jusqu'en Australie.

« S'il a vu, n'est-ce pas ?... »

Maigret était impitoyable.

« S'il a vu quoi ?

— Près du tas de bois... Beetje et le professeur...

— Ah ! oui.

— C'est tout à fait confidentiel...

— Parbleu !... Mais Barens ?...

— Il a peut-être vu aussi... Il a peut-être été jaloux... Pourtant, il était à l'école cinq minutes après le crime... Ça, je ne comprends pas...

— En résumé, dit le commissaire, avec la même gravité que quand il parlait à Jean Duclos, vous soupçonnez le père de Beetje et son amoureux Cornélius... »

Silence embarrassé.

« Puis vous soupçonnez Oosting dont on a trouvé la casquette dans la baignoire... »

Pijpekamp eut un geste découragé.

« Puis, bien entendu, l'homme qui a laissé dans la salle à manger un cigare en tabac de Manille... Il y a combien de marchands de cigares à Delfzijl ?

— Quinze...

— Cela ne facilite pas les choses. Enfin vous soupçonnez le professeur Duclos...

— A cause du revolver dans sa main... Je ne peux pas le laisser partir... Vous comprenez ?

— Si je comprends ! »

Ils firent une cinquantaine de mètres sans mot dire.

« Qu'est-ce que vous pensez ? murmura enfin le policier de Groningen.

— Voilà la question ! Et voilà bien la différence entre nous deux ! Vous, vous pensez quelque chose ! Vous pensez même des tas de choses ! Tandis que moi, je crois que je ne pense encore rien... »

Et soudain une question :

« Est-ce que Beetje Liewens connaissait le Baes ?

— Je ne sais pas. Je ne crois pas...

— Est-ce que Cornélius le connaissait ?... »

Pijpekamp se passa la main sur le front.

« Peut-être oui... Peut-être pas... Plutôt pas !... Je peux savoir...

— C'est cela ! Essayez de savoir s'ils avaient des rapports quelconques avant le drame...

— Vous croyez ?...

— Je ne crois rien du tout ! Encore une question : est-ce qu'il y a la T.S.F. à l'île Workum ?...

— Je l'ignore !

— C'est à établir. »

On n'eût pu dire comment cela était venu, mais il y avait maintenant une sorte de hiérarchie entre Maigret et son compagnon, qui le regardait à peu près comme il eût regardé un supérieur.

« Étudiez donc ces deux points-là ! Moi j'ai une visite à rendre... »

Pijpekamp était trop poli pour poser une question au sujet de cette visite, mais ses yeux étaient pleins d'interrogation.

« A Mlle Beetje ! acheva Maigret. Le chemin le plus court ?...

— Le long de l'*Amsterdiep*... »

On voyait le bateau-pilote de Delfzijl, un beau vapeur de cinq cents tonneaux, décrire une courbe sur l'Ems avant d'entrer dans le port. Et le Baes qui arpentait à pas lents, mais lourds, mais pleins de fièvre concentrée, le pont de son bateau, à cent mètres des Rats de Quai engourdis par le soleil.

6

LES LETTRES

CE fut un hasard si Maigret ne suivit pas l'*Amsterdiep*, mais prit le chemin traversant les terres.

La ferme, dans le soleil de onze heures du matin, lui rappela ses premières démarches sur le sol hollandais, la jeune fille en bottes vernies dans l'étable moderne, le salon bourgeois et la théière dans sa housse capitonnée.

Le même calme régnait. Très loin, presque au fond de l'horizon infini, une grande voile rousse flottait au-dessus des prés et cela faisait penser à quelque navire fantôme voguant dans un océan de gazon.

Comme la première fois, le chien aboya. Il se passa cinq bonnes minutes avant que la porte s'entrouvrît, mais de quelques centimètres à peine, juste de quoi laisser deviner le visage couperosé et le tablier quadrillé de la servante.

Au surplus, elle fut sur le point de refermer la porte avant même que Maigret eût parlé.

« Mlle Liewens ?... » prononça-t-il.

Le jardin les séparait. La vieille restait sur le seuil et le commissaire était au-delà de la barrière. Entre eux, le chien qui observait l'intrus en montrant les dents.

La servante hocha négativement la tête.

« Elle n'est pas ici ?... *Niet hier ?...* »

Maigret avait ramassé trois ou quatre mots de néerlandais.

Même signe négatif.

« Et monsieur ?... *Mijnheer ?...* »

Un dernier signe et la porte se referma. Mais, comme le commissaire ne s'en allait pas tout de suite, l'huis bougea, de quelques millimètres cette fois, et Maigret devina la vieille en train de l'épier.

S'il s'attardait, c'est qu'il avait vu frémir un rideau, à la fenêtre qu'il savait être celle de la jeune fille. Derrière ce rideau, un visage s'était estompé. On le distinguait mal. Mais par exemple, ce que Maigret distingua très bien ce fut un léger mouvement de la main, un mouvement qui était peut-être simplement un bonjour, mais qui plus probablement voulait dire :

« Je suis ici... N'insistez pas... Attention !... »

La vieille derrière la porte, d'une part. Cette main laiteuse, de l'autre. Et le chien qui sautait sur la grille en aboyant. Alentour, les vaches, dans les prés, semblaient artificielles à force d'immobilité.

Maigret risqua une toute petite expérience. Il fit deux pas en avant, comme pour franchir malgré tout la grille. Il ne put s'empêcher de sourire, car non seulement la porte se referma précipitamment, mais le chien lui-même, si féroce, recula, la queue entre les jambes.

Cette fois le commissaire partit, prit le chemin de l'*Amsterdiep*. Tout ce qui ressortait de cet accueil, c'est que Beetje avait été enfermée et que des ordres avaient été donnés par le fermier pour éconduire le Français.

Maigret fumait sa pipe à petites bouffées réfléchies. Il regarda un moment les piles de bois où la jeune fille et Popinga s'étaient arrêtés, s'arrêtaient sans doute souvent, tenant leur vélo d'une main, s'étreignant de l'autre bras...

Et ce qui continuait à dominer dans l'atmosphère, c'était le calme. Un calme serein, presque trop absolu. Un calme capable de faire croire à un Français que toute cette vie était aussi artificielle qu'une carte postale.

Par exemple, il se retourna soudain, vit à quelques mètres de lui un bateau à l'étrave haute qu'il n'avait pas entendu arriver. Il reconnut la voile, plus large que le canal. C'était celle qu'il avait aperçue un peu plus tôt au fond de l'horizon et qui était déjà là, sans qu'il parût possible qu'elle eût parcouru tant de chemin.

A la barre, une femme qui donnait le sein à un bébé tout en poussant le gouvernail de ses reins. Et un homme, à cheval sur le beaupré, les jambes pendant au-dessus de l'eau, réparait la sous-barbe.

Le bateau passa devant la maison des Wie-

nands, puis devant celle des Popinga et la voile
était plus haute que les toits. Elle masquait un
instant toute la façade d'une grande ombre mou-
vante.

Une fois encore Maigret s'était arrêté. Il hésita.
La bonne des Popinga lavait le seuil, tête basse,
reins levés, et la porte ouverte.

Elle sursauta en le sentant soudain derrière elle.
Sa main qui tenait le torchon trembla.

« Mme Popinga ?... » dit-il en montrant l'intérieur de la maison.

Elle voulut passer devant lui. Mais elle était
gauche, embarrassée de son torchon qui laissait
dégouliner de l'eau sale. Il pénétra le premier dans
le corridor. Il entendit une voix d'homme dans le
salon et il frappa.

Ce fut le silence, brusquement. Un silence
complet, rigoureux. Et même plus que du
silence : de l'attente, comme la suspension
momentanée de toute vie.

Enfin deux pas. Une main toucha le bouton de
la porte, à l'intérieur. L'huis bougea. Maigret vit
d'abord Any, qui venait de lui ouvrir et qui le
fixait durement. Puis il distingua une silhouette
d'homme debout près de la table, des guêtres
fauves, un complet de gros drap.

Le fermier Liewens !

Accoudée à la cheminée enfin, se cachant le
visage de la main, Mme Popinga.

Il était clair que l'arrivée de l'intrus interrompait une conversation importante, une scène dramatique, probablement une dispute.

Sur la table couverte d'un surtout en broderie, des lettres étaient éparses comme si on les eût jetées violemment là, en désordre.

Le visage du fermier était le plus animé, mais il fut aussi celui qui se ferma le plus vite.

« Je vous dérange... », commença Maigret.

Personne ne répondit. Personne n'ouvrit la bouche. Seulement Mme Popinga, après un regard éploré autour d'elle, quitta la pièce et se dirigea en courant presque vers la cuisine.

« Croyez que je regrette d'interrompre votre conversation... »

Liewens parla enfin, en néerlandais. Il adressait à la jeune fille quelques phrases incisives et le commissaire ne put s'empêcher de questionner :

« Qu'est-ce qu'il dit ?

— Qu'il reviendra ! Que la police française... »

Elle cherchait la suite avec embarras :

« ... est d'un sans-gêne exagéré, n'est-ce pas ?... fit à sa place le policier. Nous avons déjà eu l'occasion de nous rencontrer, monsieur et moi... »

L'autre essayait de comprendre en prêtant attention à l'intonation, aux expressions de Maigret.

Et le commissaire, lui, laissait tomber son regard sur les lettres, sur la signature de l'une d'elles : *Conrad.*

La gêne atteignit son point culminant. Le

fermier alla prendre sa casquette sur une chaise, mais ne se résigna pas à partir.

« Il vient de vous apporter les lettres que votre beau-frère écrivait à sa fille ?

— Comment savez-vous ?... »

Parbleu ! La scène était tellement facile à reconstituer, dans une atmosphère pareille, écœurante à force d'être épaisse ! Liewens qui arrivait, retenant son souffle à force de dominer sa colère. Liewens qu'on introduisait dans le salon où l'accueillaient deux femmes effrayées et qui parlait soudain, qui lançait les lettres sur la table !...

Mme Popinga, affolée, se cachant le visage de ses mains, refusant peut-être de croire à l'évidence, ou bien accablée au point de ne rien pouvoir dire...

Et Any essayant de tenir tête à l'homme, discutant...

C'est alors qu'on avait frappé à la porte, que tout le monde s'était figé, qu'Any avait ouvert.

***

Maigret, en tout cas, dans cette reconstitution, se trompait au moins sur le caractère d'un des personnages. Car Mme Popinga, qu'il imaginait dans la cuisine, effondrée à la suite de cette révélation, sans nerfs, sans ressort, rentrait quelques instants plus tard, calme comme on ne l'est qu'au point culminant de l'émotion.

Et lentement elle posait, elle aussi, des lettres sur la table. Elle ne les jetait pas. Elle les déposait. Elle regardait le fermier, puis le commissaire. Elle ouvrait plusieurs fois la bouche avant de parvenir à parler et elle disait alors :

« Il faut qu'on juge... Il faut que quelqu'un lise... »

Le visage de Liewens, au même instant, était envahi par un flot de sang. Il était trop Hollandais pour se précipiter vers les lettres, mais elles l'attiraient comme un vertige.

Une écriture de femme... Du papier bleuâtre... Des lettres de Beetje, évidemment...

Une chose frappait : la disproportion entre les deux tas. Peut-être y avait-il dix billets de Popinga, d'une seule feuille, couverts le plus souvent de quatre ou cinq lignes.

Il y avait trente lettres de Beetje, longues, compactes !

Conrad était mort. Il restait ces deux tas inégaux et les bois en pile, complices des rendez-vous, le long de l'*Amsterdiep*.

« Il vaut mieux vous calmer ! dit Maigret. Et peut-être est-il préférable de lire ces lettres, sans colère... »

Le fermier le regardait avec une acuité extraordinaire et il dut comprendre, car il fit malgré lui un pas vers la table.

Maigret s'y appuyait des deux mains. Il prit un billet de Popinga, au hasard.

« Voulez-vous avoir l'obligeance de le traduire, mademoiselle Any ? »

Mais la jeune fille n'avait pas l'air d'entendre. Elle regardait l'écriture sans rien dire. Sa sœur lui prit le billet des mains, grave et digne.

« Cela a été écrit à l'école, dit-elle. Il n'y a pas de date. Au-dessus, il est marqué *six heures*. Puis :

Ma petite Beetje,

Il vaudra mieux ne pas venir ce soir, parce que le directeur vient prendre une tasse de thé à la maison. A demain. Baisers.

Elle regarda autour d'elle d'un air de calme défi. Elle prit un autre billet. Elle lut lentement :

Petite Beetje jolie,

Tu dois te calmer. Et il faut penser que la vie est encore longue. J'ai beaucoup de travail à cause des examens des élèves de troisième. Je ne pourrai pas venir ce soir.

Pourquoi répètes-tu toujours que je ne t'aime pas ? Je ne peux pourtant pas quitter l'école. Qu'est-ce que nous ferions ?

Reste bien calme. Il y a du temps devant nous. Je t'embrasse affectueusement.

Et comme Maigret semblait dire que cela suffisait, Mme Popinga prit une autre lettre.

« Il y a celle-ci, peut-être la dernière :

Ma Beetje,

C'est impossible ! Je te supplie d'être sage. Tu sais bien que je n'ai pas d'argent et qu'il faudrait longtemps pour trouver une situation à l'étranger.

Tu dois être plus prudente et ne pas t'énerver. Et surtout il faut avoir confiance !

Ne crains rien ! S'il arrivait ce que tu crains, je ferais mon devoir.

Je suis nerveux parce que j'ai beaucoup de travail en ce moment et que quand je pense à toi je travaille mal. Le directeur m'a fait une remarque hier. J'ai été très triste.

J'essaierai de sortir demain soir en disant que je vais voir un bateau norvégien dans le port.

Je te prends dans mes bras, petite Beetje.

Mme Popinga les regarda tour à tour, lasse, les yeux voilés. Sa main s'avança vers l'autre tas, celui qu'elle avait apporté, et le fermier tressaillit. Elle prit une lettre, au hasard.

Cher Conrad que j'aime,

Une bonne nouvelle : à l'occasion de mon anniversaire, papa a encore placé mille florins à mon compte en banque. C'est assez pour aller en Amérique, car j'ai regardé dans le journal le tarif des bateaux. Et nous pouvons voyager en troisième classe !

Mais pourquoi n'es-tu pas plus pressé ? Moi, je ne vis plus. La Hollande m'étouffe. Il me semble que les gens de Delfzijl me regardent avec réprobation...

Et pourtant je suis si heureuse et si fière d'appartenir à un homme comme toi !

Il faut absolument partir avant les vacances, car papa veut que j'aille passer un mois en Suisse et je ne veux pas. Ou alors notre grand projet ne serait que pour l'hiver.

J'ai acheté des livres d'anglais. Je connais déjà beaucoup de phrases.

Vite ! Vite ! Et ce sera la belle vie à nous deux ! N'est-ce pas ?... Il ne faut plus rester ici... Surtout maintenant !... Je crois que Mme Popinga me bat froid... Et j'ai toujours peur de Cornélius qui me fait la cour et que je ne parviens pas à décourager... C'est un bon garçon, bien élevé, mais qu'il est bête !...

Sans compter que ce n'est pas un homme, Conrad, un homme comme toi, qui a voyagé partout, qui sait tout...

Tu te souviens quand, il y a un an, je me mettais sur ton passage et que tu ne me regardais même pas !...

Et maintenant voilà que je vais peut-être avoir un enfant de toi !... En tout cas, je pourrais !...

Mais pourquoi es-tu si froid ?... Est-ce que tu m'aimes moins ?...

***

La lettre n'était pas finie, mais la voix avait tellement faibli dans la gorge de Mme Popinga qu'elle se tut. Un instant ses doigts fouillèrent le tas de lettres. Elle cherchait quelque chose.

Elle lut encore une phrase prise au milieu d'un billet :

... et je finis par croire que tu aimes mieux ta femme que moi, je finis par être jalouse d'elle, par la détester... Sinon, pourquoi refuserais-tu maintenant de partir ?...

Le fermier ne pouvait comprendre les mots, mais son attention était tellement tendue qu'on eût juré qu'il devinait.

Mme Popinga avala sa salive, saisit une dernière feuille, lut d'une voix plus contenue encore :

... J'ai entendu dire dans le pays que Cornélius serait plus amoureux de Mme Popinga que de moi et qu'ils s'entendraient très bien tous les deux... Si cela pouvait être vrai !... Alors, nous serions tranquilles et tu n'aurais plus de scrupule...

Le papier lui glissa des mains, alla se poser lentement sur le tapis, au pied d'Any qui le regarda fixement.

Et ce fut un nouveau silence. Mme Popinga ne pleurait pas. Seulement tout en elle était tragique de douleur contenue, de dignité obtenue au prix d'un effort insensé, tragique aussi de par le sentiment admirable qui l'animait.

Elle était venue pour défendre Conrad ! Elle attendait une attaque. Elle allait lutter encore s'il le fallait.

« Quand avez-vous découvert ces lettres ? questionna Maigret avec gêne.

— Le lendemain du jour où... »

Elle étouffa. Elle ouvrit la bouche pour boire une gorgée d'air. Ses paupières se gonflèrent.

« ... où Conrad...

— Oui ! »

Il avait compris. Il la regardait avec compassion. Elle n'était pas jolie. Et pourtant elle avait les traits réguliers. Elle n'avait pas de ces déformations qui rendaient le visage d'Any déplaisant.

Elle était grande, forte sans être grasse. Un casque de beaux cheveux encadrait son visage un peu rose de Hollandaise.

Mais n'eût-il pas préféré qu'elle fût laide ? Il se dégageait de ces traits réguliers, de cette expression sage, réfléchie, comme un immense ennui.

Son sourire lui-même devait être un sourire sage, mesuré, sa joie une joie sage, en veilleuse !

Et, à six ans, elle devait être une enfant sérieuse ! A seize, elle devait être la même qu'aujourd'hui !

De ces femmes qui semblent être nées pour être des sœurs, ou des tantes, ou des infirmières, ou des veuves patronnant les bonnes œuvres.

Conrad n'était pas là et jamais Maigret ne l'avait

senti aussi vivant qu'à cet instant, avec son visage bon enfant, sa gourmandise, son appétit de vie plutôt, sa timidité, sa peur de heurter quelqu'un de front et cette T.S.F. dont il tournait les boutons des heures durant pour accrocher un air de jazz à Paris, les tziganes de Budapest, l'opérette de Vienne, voire les appels lointains de bateau à bateau...

Any s'approcha de sa sœur, comme on s'approche de quelqu'un qui souffre et qui va faiblir. Mais Mme Popinga marcha vers Maigret, fit deux pas tout au moins.

« Je n'avais jamais pensé..., souffla-t-elle. Jamais !... Je vivais... je... Et quand il est mort, je... »

Il devina, à sa façon de respirer, qu'elle avait une maladie de cœur et l'instant d'après elle confirmait cette hypothèse en restant un long moment immobile, une main sur la poitrine.

Quelqu'un bougeait dans la pièce : le fermier, l'œil dur, fiévreux, qui s'était avancé vers la table et qui saisissait les lettres de sa fille avec une nervosité de voleur qui craint d'être surpris.

Elle le laissa faire. Maigret aussi.

Il n'osait pourtant pas s'en aller. On l'entendit parler, ne s'adressant à personne en particulier. Le mot *Franzose* frappa les oreilles de Maigret et il lui sembla qu'il comprenait le néerlandais comme, sans doute, Liewens, ce jour-là, avait compris le français.

Il reconstitua la phrase, à peu près :

« Vous croyez qu'il était nécessaire de raconter ces choses au Français ?... »

Il laissa tomber sa casquette par terre, la ramassa, s'inclina devant Any qui était sur son chemin, mais devant elle seule, grommela encore des syllabes inintelligibles et sortit. La servante devait avoir fini de laver le seuil, car on entendit la porte d'entrée s'ouvrir et se refermer, puis des pas s'éloigner.

Malgré la présence de la jeune fille, Maigret questionna encore, avec une douceur dont on ne l'eût pas cru capable :

« Vous avez montré ces lettres à votre sœur ?

— Non ! Mais quand cet homme...

— Où étaient-elles ?

— Dans le tiroir de la table de nuit... Je ne l'ouvrais jamais... C'était là aussi qu'il y avait le revolver... »

Any parla en néerlandais et Mme Popinga traduisit machinalement :

« Ma sœur me dit que je devrais me coucher... Parce que voilà trois nuits que je ne dors pas... Il ne serait pas parti... Il a dû être imprudent une fois, n'est-ce pas ?... Il aimait rire, jouer... Des détails me sont revenus... Beetje qui venait toujours apporter des fruits et des gâteaux qu'elle faisait elle-même... Je croyais que c'était pour moi... Puis elle venait nous demander de jouer au tennis... Toujours à l'heure où elle savait bien que je n'avais pas le temps ! ... Mais je ne voulais pas voir le mal... J'étais contente que Conrad se repose un peu... Parce qu'il travaillait beaucoup et que Delfzijl était triste pour lui... L'an dernier, elle a failli venir à Paris avec nous... Et c'était moi qui insistais !... »

Elle disait cela simplement, avec une lassitude où il y avait à peine de la rancœur.

« Il ne voulait pas partir... Vous avez entendu... Mais il avait peur de faire de la peine... C'était son caractère... Il a reçu des réprimandes, parce qu'il donnait de trop bonnes notes aux examens... A cause de cela, mon père ne l'aimait pas... »

Elle remit un bibelot à sa place et ce geste précis de ménagère trancha avec l'état d'esprit ambiant.

« Je voudrais seulement que tout soit fini... Parce qu'on ne veut même pas qu'il soit enterré... Vous comprenez ?... Je ne sais plus !... Qu'on me le rende !... Dieu se chargera bien de punir le coupable... »

Elle s'anima. Elle poursuivit d'une voix plus ferme :

« Oui... C'est ce que je crois !... Ces choses-là, n'est-ce pas ? C'est une affaire entre Dieu et l'assassin... Nous, est-ce qu'on peut savoir ?... »

Elle frémit, comme frappée d'une idée. Elle montra la porte. Elle dit très vite :

« Peut-être est-ce qu'il va la tuer !... Il est capable !... Ce serait affreux... »

Any la regardait avec une certaine impatience. Elle devait considérer toutes ces paroles comme inutiles et ce fut d'une voix très calme qu'elle prononça :

« Qu'est-ce que vous pensez, maintenant, monsieur le commissaire ?...

— Rien !... »

Elle n'insista pas, mais son visage exprima le mécontentement.

« Je ne pense rien, parce qu'il y a avant tout la casquette d'Oosting ! dit-il. Vous avez entendu les théories de Jean Duclos. Vous avez lu les ouvrages de Grosz dont il vous a parlé... Un principe : ne pas se laisser détourner de la vérité par des considérations psychologiques... Suivre jusqu'au bout le raisonnement qui découle des indices matériels... »

Impossible de savoir s'il persiflait ou s'il parlait sérieusement.

« Or, il y a une casquette et un bout de cigare ! Quelqu'un les a apportés, ou jetés dans la maison... »

Mme Popinga soupira, pour elle-même :

« Je ne peux pas croire qu'Oosting... »

Et soudain, dressant la tête :

« Cela me fait penser à une chose que j'avais oubliée... »

Mais elle se tut, comme craignant d'en avoir trop dit, comme épouvantée par les conséquences de ses paroles !

« Dites !

— Non !... Cela ne signifie rien !...

— Je vous en prie...

— Quand Conrad allait chasser le chien de mer sur les bancs de Workum...

— Oui... Eh bien ?...

— Beetje allait avec eux... Parce qu'elle chasse aussi... Ici, en Hollande, les jeunes filles ont beaucoup de liberté...

— Ils couchaient en route ?...

— Parfois une nuit... Parfois deux... »

Elle se prit la tête à deux mains, eut un mouvement d'impatience poussée au degré le plus extrême, gémit :

« Non ! je ne veux plus penser !... C'est trop affreux !... Trop affreux... »

Cette fois-ci, les sanglots étaient là. Ils naissaient. Ils allaient éclater et ce fut Any qui mit ses mains sur les épaules de sa sœur et la poussa doucement dans la pièce voisine.

7

UN DÉJEUNER CHEZ VAN HASSELT

Quand Maigret arriva à l'hôtel, il comprit qu'il se passait quelque chose d'anormal. La veille, il avait dîné à une table voisine de celle de Jean Duclos.

Or, trois couverts étaient dressés sur la table ronde qui se trouvait au centre de la salle. La nappe était éblouissante, avec encore tous ses plis. Enfin il y avait trois verres par convive, ce qui, en Hollande, n'est de mise que pour une véritable cérémonie.

Dès l'entrée, le commissaire fut accueilli par l'inspecteur Pijpekamp qui s'avança vers lui, la main tendue, avec un sourire d'homme qui a préparé une heureuse surprise.

Il était en tenue de gala ! Un faux col haut de huit centimètres ! Une jaquette ! Il était rasé de près. Il devait sortir des mains du coiffeur, car il répandait encore une odeur de lotion à la violette.

Plus terne, Jean Duclos se tenait derrière lui, l'air ennuyé.

« Vous m'excuserez, mon cher collègue... J'aurais dû vous prévenir ce matin... J'aimerais vous recevoir chez moi, mais j'habite Groningen et je

suis célibataire... Alors, je me suis permis de vous
inviter à déjeuner ici même !... Oh ! un petit
déjeuner sans cérémonie. »

Et tout en prononçant ces derniers mots il
regardait les couverts, les cristaux et attendait
évidemment des protestations de Maigret.

Elles ne vinrent pas.

« J'ai pensé que, puisque le professeur est votre
compatriote, vous seriez content de...

— Très bien ! Très bien ! dit le commissaire.
Vous permettez que j'aille me laver les mains ? »

Il le fit lentement, l'air grognon, dans le petit
lavabo adjacent. La cuisine était proche et il
entendait une rumeur affairée, des heurts de plats
et de casseroles.

Quand il rentra dans la salle, Pijpekamp versait
lui-même du porto dans des verres et murmurait
avec un sourire ravi, modeste :

« Comme en France, n'est-ce pas ?... *Prosit !*...
Santé, mon cher collègue... »

Il était touchant de bonne volonté. Il s'appli-
quait à trouver des formules raffinées, à se
montrer homme du monde jusqu'au bout des
ongles.

« J'aurais dû déjà hier vous inviter... Mais j'ai
été tellement... Comment vous dites ?... Secoué
par cette affaire... Vous avez trouvé quelque
chose ?...

— Rien ! »

Il y eut un éclair dans les prunelles du Hollandais et Maigret pensa :

« Toi, mon petit bonhomme, tu as une victoire à m'annoncer et tu vas me sortir ça au dessert... A moins que tu n'aies pas la patience d'attendre jusque-là... »

Il ne se trompait pas. On servit d'abord de la soupe aux tomates, en même temps qu'un saint-émilion sucré à en donner mal au cœur, manifestement tripoté pour l'exportation.

« Santé !... »

Brave Pijpekamp ! Il faisait tout son possible et même plus que son possible ! Et Maigret n'avait pas l'air de s'en apercevoir ! Il n'appréciait pas !

« En Hollande, on ne boit jamais en mangeant... Seulement après... Le soir, dans les grandes réunions, un petit verre de vin avec le cigare... On ne met pas de pain à table non plus... »

Et il louchait vers le plat de pain qu'il avait commandé. Même le porto, qu'il avait choisi en remplacement du genièvre national !

Est-ce qu'on peut faire mieux ? Il en était tout rose ! Il regardait la bouteille de vin doré avec attendrissement. Jean Duclos mangeait en pensant à autre chose.

Et Pijpekamp eût tellement voulu mettre de l'entrain, de la gaieté, créer autour de ce déjeuner une atmosphère de folie, de vraie bombe à la française !

On apporta le *huchpot.* Le plat national. La viande nageait dans des litres de sauce et Pijpekamp prit un air mystérieux pour prononcer :

« Vous me direz si vous aimez !... »

Le malheur, c'est que Maigret n'était pas en train. Il flairait autour de lui un petit mystère qu'il ne s'expliquait pas encore très bien.

Il lui semblait qu'il y avait une sorte de franc-maçonnerie entre Jean Duclos et le policier. Et, par exemple, chaque fois que ce dernier remplissait le verre de Maigret, il avait un bref regard au professeur.

Du bourgogne chambrait à côté du poêle.

« Je croyais que vous buviez beaucoup plus de vin...

— Cela dépend... »

Duclos n'était certainement pas tout à fait à son aise. Il évitait de se mêler à la conversation. Il buvait de l'eau minérale, sous prétexte qu'il était au régime.

Pijpekamp ne put attendre plus longtemps. Il avait parlé de la beauté du port, de l'importance du trafic sur l'Ems, de l'Université de Groningen où les plus grands savants du monde viennent donner des conférences.

« Vous savez qu'il y a du nouveau...

— Vraiment ?...

— A votre santé ! A la santé de la police française ! Oui, maintenant, le mystère est à peu près éclairci... »

Maigret le regarda de ses yeux les plus glauques, sans la moindre trace d'émotion, ni même de curiosité.

« Ce matin, vers dix heures, on m'a prévenu
que quelqu'un m'attendait à mon bureau... Devi-
nez qui ?...

— Barens ! Continuez... »

Pijpekamp en fut plus navré encore que du peu
d'effet qu'avait produit sur son hôte la table si
luxueusement servie.

« Comment savez-vous ?... On vous a dit, n'est-
ce pas ?...

— Rien du tout ! Qu'est-ce qu'il voulait ?...

— Vous le connaissez... Il est très timide...
très... le mot français... oui, renfermé... Il n'osait
pas me regarder... On aurait cru qu'il allait
pleurer... Il a avoué qu'en sortant, la nuit du
crime, de la maison Popinga, il n'était pas rentré à
bord tout de suite... »

Et l'inspecteur esquissa toute une série d'œilla-
des.

« Vous comprenez ?... Il aime Beetje !... Et il
était jaloux, parce que Beetje avait dansé avec
Popinga !... Et il était fâché parce qu'elle avait bu
du cognac !... Il les a vus sortir tous les deux... Il a
suivi, de loin... Il est parvenu derrière son
professeur... »

Maigret était sans pitié. Il voyait pourtant que
l'autre eût tout donné pour un signe d'étonnement, d'admiration, d'angoisse.

« A votre santé, monsieur le commissaire !...
Barens n'a pas dit tout de suite, parce qu'il avait
peur... Mais voilà la vérité !... Il a vu un homme,

tout de suite après le coup de feu, qui courait vers le tas de bois où il a dû se cacher...

— Il vous l'a décrit minutieusement, n'est-ce pas ?

— Oui... »

L'autre nageait. Il n'avait plus aucun espoir d'épater son collègue. Son histoire avait fait long feu.

« Un marin... Sûrement un marin étranger... Très grand, très maigre et tout rasé...

— Et il y a bien entendu un bateau qui est parti le lendemain...

— Il en est parti trois depuis... L'affaire est claire !... Ce n'est pas à Delfzijl qu'il faut chercher... C'est un étranger qui a tué... Sans doute un matelot qui a connu Popinga autrefois, quand il naviguait... Un matelot qu'il aura fait punir quand il était officier, ou capitaine... »

Jean Duclos présentait obstinément son profil au regard de Maigret. Pijpekamp faisait signe à Mme Van Hasselt qui, en grande tenue, se tenait à la caisse, d'apporter une nouvelle bouteille.

Il restait à manger un chef-d'œuvre, un gâteau garni de trois sortes de crème sur lequel, par surcroît, le nom de Delfzijl s'inscrivait en chocolat.

Et l'inspecteur baissait modestement les yeux.

« Si vous voulez couper...

— Vous avez remis Cornélius en liberté ?... »

Du coup, son voisin sursauta, regarda Maigret en se demandant s'il ne devenait pas fou.

« Mais…

— Si cela ne vous fait rien, nous le questionne-
rons ensemble tout à l'heure…

— C'est très facile ! Je vais téléphoner à
l'école…

— Tant que vous y êtes, téléphonez aussi
qu'on amène Oosting, que nous interrogerons
ensuite…

— A cause de la casquette ?… Maintenant, cela
s'explique, n'est-cc pas ?… Un marin, en passant,
a vu la casquette sur le pont… Il l'a prise et…

— Naturellement !… »

Pijpekamp aurait bien pleuré. Cette ironie
lourde, à peine perceptible de Maigret, le dérou-
tait au point qu'il se heurta au chambranle de la
porte en pénétrant dans la cabine téléphonique.

Le commissaire resta un moment seul avec Jean
Duclos, qui tenait le nez baissé sur son assiette.

« Vous ne lui avez pas dit, tant que vous y étiez,
de me glisser discrètement quelques florins ? »

Ces mots furent prononcés doucement, sans
aigreur, et Duclos leva la tête, ouvrit la bouche
pour protester.

« Chut !… Nous n'avons pas le temps de discu-
ter… Vous lui avez conseillé de m'offrir un bon
déjeuner, largement arrosé… Vous lui avez dit
qu'en France c'est ainsi qu'on avait raison
des fonctionnaires… Silence, vous dis-je !… Et
qu'après ça je serais coulant comme du miel…

— Je vous jure que… »

Maigret alluma sa pipe, se tourna vers Pijpe-

kamp qui revenait du téléphone et qui, regardant
la table, bafouilla :

« Vous accepterez bien un petit verre de
cognac... Il y en a du vieux...

— Vous permettrez que ce soit moi qui vous
l'offre ! Veuillez seulement dire à madame de nous
apporter une bouteille de fine et des verres à
dégustation... »

Mais Mme Van Hasselt apporta des petits verres. Le commissaire se leva, alla lui-même en
prendre d'autres sur une étagère, les remplit à
plein bord.

« A la santé de la police hollandaise ! » dit-il.

Pijpekamp n'osait pas protester. L'alcool lui fit
venir des larmes aux yeux, tant il était fort. Mais
le commissaire, souriant, féroce, levait sans cesse
son verre, répétait :

« A la santé de votre police !... A quelle heure
Barens sera-t-il à votre bureau ?

— Dans une demi-heure !... Un cigare ?...

— Merci ! Je préfère ma pipe... »

Et Maigret emplit à nouveau les verres, avec
une telle autorité que ni Pijpekamp ni Duclos
n'osèrent refuser de boire.

« C'est une belle journée ! dit-il à deux ou trois
reprises. Je me trompe peut-être ! Mais j'ai l'impression que ce soir l'assassin de ce pauvre
Popinga sera arrêté...

— A moins qu'il ne soit en train de naviguer
dans la Baltique ! répliqua Pijpekamp...

— Bah !... Vous le croyez si loin ?... »

Duclos leva un visage pâle.

« C'est une insinuation, commissaire ? questionna-t-il d'une voix coupante.

— Quelle insinuation ?

— Vous paraissez prétendre que, s'il n'est pas loin, il est peut-être très près...

— Quelle imagination, professeur ! »

On avait été à deux doigts de l'incident. Cela devait tenir en partie aux grands verres de fine. Pijpekamp était tout rouge. Ses yeux luisaient.

Chez Duclos, au contraire, l'ivresse se traduisait par une pâleur morbide.

« Un dernier verre, messieurs, et nous irons interroger ce pauvre petit ! »

La bouteille était sur la table. Chaque fois que Maigret servait, Mme Van Hasselt mouillait de ses lèvres la pointe de son crayon et marquait les consommations dans son livre.

On plongea, la porte franchie, dans une atmosphère lourde de soleil et de calme. Le bateau d'Oosting était à sa place. Pijpekamp éprouva le besoin de se tenir beaucoup plus raide que d'habitude.

Il n'y avait que trois cents mètres à parcourir. Les rues étaient désertes. Les boutiques s'alignaient, vides, mais propres et achalandées comme pour une exposition universelle dont les portes eussent été sur le point de s'ouvrir.

« Ce sera presque impossible de découvrir le matelot... dit Pijpekamp. Mais c'est bien qu'on sache que c'est lui, car ainsi on ne soupçonne plus

personne... Je vais faire un rapport pour que
M. Duclos, votre compatriote, soit tout à fait
libre... »

Il entra d'une démarche pas très assurée dans
les bureaux de la police locale et il heurta un
meuble en passant, s'assit d'une façon un peu trop
brutale.

Il n'était pas ivre à proprement parler. Mais
l'alcool lui enlevait une partie de cette douceur, de
cette politesse qui caractérise la plupart des Hollandais.

Ce fut d'un geste dégagé qu'il pressa un timbre
électrique, tout en renversant sa chaise en arrière.
Il s'adressa en néerlandais à un agent en uniforme
qui disparut et revint l'instant d'après en compagnie de Cornélius.

Bien que le policier reçût celui-ci avec une
cordialité exagérée, le jeune homme sembla per-
dre pied en entrant dans le bureau, et cela parce
que son regard s'était aussitôt fixé sur Maigret.

« Le commissaire veut vous demander quelques petites choses ! » dit Pijpekamp en français.

Maigret ne se pressait pas. Il arpentait le bureau
de long en large en tirant de petites bouffées de sa
pipe.

« Dites donc, mon petit Barens ! Qu'est-ce que
le Baes vous a raconté, hier au soir ? »

L'autre tourna sa tête maigre dans tous les sens,
comme un oiseau affolé.

« Je... je crois...

— Bon ! Je vais vous aider... Vous avez encore

un papa, n'est-ce pas ? là-bas, aux Indes... Il serait très triste s'il vous arrivait quelque chose... Des ennuis... Je ne sais pas, moi !... Eh bien, un faux témoignage, dans une affaire comme celle-ci, se paie par quelques mois de prison... »

Cornélius étouffait, n'osait pas faire un mouvement, n'osait plus regarder personne.

« Avouez que c'est Oosting, qui vous attendait hier sur la berge de l'*Amsterdiep*, qui vous a dit de répondre à la police ce que vous avez répondu... Avouez que vous n'avez jamais vu d'homme grand et maigre autour de la maison des Popinga...

— Je... »

Non ! Il n'avait plus la force de résister. Il éclatait en sanglots. Il s'écroulait.

Et Maigret regardait d'abord Jean Duclos, ensuite Pijpekamp, de ce regard lourd mais impénétrable qui le faisait passer auprès de certaines gens pour un imbécile. Car ce regard était si stagnant qu'il paraissait vide !

« Vous croyez... ? commença l'inspecteur.

— Voyez vous-même ! »

Le jeune homme, que sa tenue d'officier rendait encore plus étroit, par contraste, se mouchait, serrait les dents pour étouffer ses sanglots, balbutiait enfin :

« Je n'ai rien fait... »

On fut quelques instants à le regarder tandis qu'il essayait de se calmer.

« C'est tout, trancha enfin Maigret. Je n'ai pas

dit que vous aviez fait quelque chose. Oosting vous a demandé de prétendre que vous avez vu un étranger à proximité de la maison... Il vous a sans doute dit que c'était le seul moyen de sauver certaines personnes... Qui ?...

— Je jure sur la tête de ma mère qu'il n'a pas précisé... Je ne sais pas... Je voudrais mourir...

— Parbleu ! A dix-huit ans, on veut toujours mourir... Vous n'avez plus rien à lui demander, monsieur Pijpekamp ? »

Celui-ci haussa les épaules dans un geste qui signifiait qu'il ne comprenait rien.

« Alors, mon petit, vous pouvez filer...

— Vous savez que ce n'est pas Beetje...

— C'est bien possible !... Il est temps que vous alliez rejoindre vos camarades à l'école... »

Et il le poussa dehors, grogna :

« A l'autre !... Oosting est arrivé ?... Malheureusement, celui-là ne comprend pas le français... »

La sonnerie électrique résonna. L'agent introduisit un peu plus tard le Baes, qui tenait à la main sa casquette neuve en même temps que la pipe qu'il avait laissé éteindre.

Il eut un regard, un seul, à Maigret. Et, chose étrange, c'était un regard de reproche. Il se tint debout devant le bureau de l'inspecteur, qu'il salua.

« Cela ne vous dérange pas de lui demander où il était à l'heure où Popinga a été tué ?... »

Le policier traduisit. Oosting commença un

long discours que Maigret ne comprit pas, ce qui
ne l'empêcha pas de trancher :

« Non ! Arrêtez-le ! Une réponse en trois
mots ! »

Pijpekamp traduisit encore. Nouveau regard de
reproche. Une réplique, aussitôt traduite.

« Il était à bord de son bateau !

— Dites-lui que ce n'est pas vrai ! »

Et Maigret allait et venait toujours, les mains
derrière le dos.

« Qu'est-ce qu'il répond à cela ?

— Qu'il le jure !

— Bon ! Qu'il vous dise, dans ce cas, qui lui a
volé sa casquette... »

Pijpekamp était d'une docilité absolue. Il est
vrai que Maigret donnait une telle impression de
puissance !

« Eh bien ?

— Il était dans sa cabine... Il faisait des
comptes... Il a vu, par les hublots, des jambes sur
le pont... Il a reconnu un pantalon de marin...

— Et il a suivi l'homme ? »

Oosting hésita, ferma à demi les paupières, fit
claquer les doigts et parla avec volubilité.

« Qu'est-ce qu'il dit ?

— Qu'il préfère dire la vérité ! Qu'il sait bien
qu'il faudra qu'on reconnaisse son innocence...
Quand il est monté sur le pont, le marin s'éloignait... Il l'a suivi de loin... Il a été conduit ainsi,
le long de l'*Amsterdiep*, jusqu'à proximité de la

maison des Popinga... Là, le marin s'est caché...
Intrigué, Oosting a attendu, caché de son côté...

— Il a entendu le coup de feu, deux heures
plus tard ?

— Oui... Mais il n'a pas pu rattraper l'homme
qui s'enfuyait...

— Il a vu cet homme entrer dans la maison ?

— Dans le jardin tout au moins... Il suppose
qu'il est monté au premier étage en se servant de
la gouttière... »

Maigret souriait. Un sourire vague, bienheu-
reux, d'homme qui fait une excellente digestion.

« Il reconnaîtrait l'homme ? »

Traduction. Haussement d'épaules du Baes.

« Il ne sait pas...

— Il a vu Barens guetter Beetje et le professeur ?...

— Oui...

— Et, comme il a craint d'être accusé, comme
d'autre part il a voulu donner la bonne piste à la
police, il a chargé Cornélius de parler à sa place...

— C'est ce qu'il prétend... Je ne dois pas le
croire, n'est-ce pas ?... Il est coupable, c'est
évident... »

Jean Duclos donnait des signes d'impatience.
Oosting était calme, en homme qui s'attend
désormais à tout. Il prononça une phrase que le
policier traduisit.

« Il dit maintenant qu'on peut faire de lui ce
qu'on voudra, mais que Popinga était à la fois son
ami et son bienfaiteur.

— Et qu'est-ce que vous allez faire ?

— Le garder à la disposition de la Justice... Il avoue qu'il était là... »

Toujours à cause du cognac, la voix de Pijpekamp était plus forte que d'habitude, ses gestes plus violents, et ses décisions s'en ressentaient. Il voulait paraître catégorique. Il était en face d'un collègue étranger et il tenait à sauver sa réputation en même temps que celle de la Hollande.

Il prit une mine grave, pressa une fois de plus le timbre électrique.

Et, à l'agent qui s'empressait, il commanda, avec des petits coups de coupe-papier sur le bureau :

« Arrêtez cet homme... Qu'on l'emmène !... Je le verrai plus tard... »

C'était dit en néerlandais, mais le ton suffisait à faire comprendre les mots.

Sur ce, il se leva, expliqua :

« Je vais achever d'éclaircir cette affaire... Je ne manquerai pas de faire ressortir le rôle que vous avez joué... Bien entendu, votre compatriote est libre... »

Il ne se doutait pas que Maigret, en le voyant gesticuler, les yeux brillants, songeait à part lui :

« Toi, mon pauvre vieux, tu regretteras rudement ce que tu viens de faire quand, dans quelques heures, tu seras calmé !... »

Pijpekamp ouvrait la porte. Le commissaire ne se décidait pas à partir.

« Je voudrais vous demander une dernière faveur ! dit-il avec une politesse inaccoutumée.

— Je vous écoute, mon cher collègue...

— Il n'est pas encore quatre heures... Ce soir, nous pourrions reconstituer le drame, avec tous ceux qui y ont été mêlés de près ou de loin... Voulez-vous prendre note des noms ?... Mme Popinga... Any... M. Duclos... Barens... Les Wienands... Beetje... Oosting... Et enfin M. Liewens, le père de Beetje...

— Vous voulez ?...

— Reprendre les événements à partir du moment où, dans la salle Van Hasselt, la conférence s'est terminée... »

Il y eut un silence, Pijpekamp réfléchissait.

« Je vais téléphoner à Groningen, dit-il enfin, pour demander conseil à mes chefs... »

Il ajouta, sans être trop sûr de sa plaisanterie et en guettant l'expression de ses interlocuteurs :

« Par exemple, il manquera quelqu'un... Conrad Popinga, qui ne pourra pas...

— C'est moi qui tiendrai ce rôle... », acheva Maigret.

Et il partit, suivi de Jean Duclos, après avoir prononcé :

« Et merci de votre excellent déjeuner ! »

8

MAIGRET ET LES JEUNES FILLES

LE commissaire, au lieu de prendre à travers la
ville pour aller du bureau de police à l'hôtel Van
Hasselt, faisait le détour par les quais, suivi de
Jean Duclos, dont la démarche, le port de tête et
le visage exhalaient de la mauvaise humeur.

« Vous savez que vous vous rendrez odieux ?
mâchonna-t-il enfin tout en regardant la grue en
action dont le croc venait de frôler leur tête.

— Parce que ?... »

Duclos haussa les épaules, fit quelques pas sans
répondre.

« Vous ne comprendrez quand même pas ! Ou
bien vous ne voudrez pas comprendre ! Vous êtes
comme tous les Français...

— Il me semblait que nous étions de même
nationalité...

-- Seulement, moi, j'ai beaucoup voyagé... J'ai
une culture universelle... Je sais me mettre au
diapason du pays où je vis... Vous, depuis que
vous êtes ici, vous foncez droit devant vous, sans
vous inquiéter des contingences...

— Sans m'inquiéter de savoir, par exemple, si l'on désire découvrir le coupable ! »

Duclos s'anima.

« Et pourquoi pas ?... Il ne s'agit pas d'un crime crapuleux... Donc, l'auteur n'est pas un professionnel de l'assassinat et du vol... Ce n'est pas un individu qu'il faut nécessairement mettre à l'ombre pour protéger la société...

— Et dans ce cas ?... »

Maigret avait une façon réjouie de fumer sa pipe, de tenir les mains derrière le dos.

« Regardez..., murmura Duclos en désignant le décor autour d'eux, la ville proprette où tout était en ordre comme dans le buffet d'une bonne ménagère, le port trop petit pour que l'atmosphère en fût âpre, les gens sereins plantés dans leurs sabots jaunes.

Puis il reprit :

« Chacun gagne sa vie... Chacun est à peu près heureux... Et surtout, chacun refrène ses instincts, parce que c'est la règle, c'est une nécessité si l'on veut vivre en société... Pijpekamp vous confirmera que les vols sont une chose rarissime... Il est vrai que celui qui dérobe un pain de deux livres ne s'en tire pas à moins de quelques semaines de prison... Où voyez-vous du désordre ?... Pas de rôdeurs !... Pas de mendiants... C'est la propreté organisée...

— Et je viens bousculer la porcelaine !

— Attendez ! Les maisons, à gauche, près de l'*Amsterdiep*, sont les maisons des notables, des

riches, de ceux qui détiennent un pouvoir quelconque... Tout le monde les connaît... Il y a le
maire, les pasteurs, les professeurs, les fonctionnaires, tous ceux qui veillent à ce que la ville ne
soit pas troublée, à ce que chacun se tienne à sa
place sans heurter le voisin... Ces gens-là, je crois
que je vous l'ai dit, ne se reconnaissent même pas
le droit d'aller au café, car ce serait donner le
mauvais exemple... Or, un crime est commis...
Vous flairez un drame de famille... »

Maigret écoutait tout en regardant les bateaux
qui avaient leur pont beaucoup plus haut que le
quai, et se dressaient comme des murs bariolés,
car c'était marée haute.

« Je ne connais pas l'opinion de Pijpekamp, qui
est un inspecteur très estimé. Ce que je sais, c'est
qu'il était préférable pour tout le monde d'annoncer ce soir que l'assassin du professeur est un
matelot étranger et que les recherches continue-
ront... Pour tout le monde ! Pour Mme Popinga !
Pour sa famille ! Pour son père, entre autres, qui
est un intellectuel notoire ! Pour Beetje et pour
M. Liewens... Mais surtout pour l'exemple !...
Pour les gens de toutes les petites maisons de la
ville qui regardent ce qui se passe dans les grandes
maisons de l'*Amsterdiep* et qui sont prêtes à faire la
même chose... Vous, vous voulez la vérité pour la
vérité, pour la gloriole de démêler une affaire
difficile...

— C'est ce que Pijpekamp vous a dit ce
matin ?... Il vous a demandé par la même occasion

comment on pourrait bien calmer mon ardeur brouillonne... Et vous lui avez dit qu'en France les gens comme moi, on les a avec un bon déjeuner, voire avec un pourboire...

— Nous n'avons pas prononcé de phrases aussi précises...

— Savez-vous à quoi je pense, monsieur Jean Duclos ? »

Maigret s'était arrêté pour mieux savourer le panorama du port. Un tout petit bateau, aménagé en boutique, allait de navire en navire, accostait péniches et voiliers, pétaradant et fumant de son moteur à essence, vendant du pain, des épices, du tabac, des pipes et du genièvre.

« Je vous écoute...

— Je pense que vous avez de la chance d'être sorti de la salle de bains avec le revolver à la main.

— C'est-à-dire ?...

— Rien ! Répétez-moi seulement que vous n'avez vu personne dans cette salle de bains ?

— Je n'ai vu personne.

— Et vous n'avez rien entendu ? »

Il détourna la tête.

« Je n'ai rien entendu de précis... Peut-être ai-je eu l'impression que quelque chose remuait sous le couvercle de la baignoire...

— Vous permettez ?... J'aperçois quelqu'un qui m'attend... »

Et il se dirigea à grands pas vers la porte de l'hôtel Van Hasselt où l'on voyait Beetje Liewens qui arpentait le trottoir en guettant son arrivée.

Elle essaya de lui sourire, comme les autres fois, mais son sourire manqua d'entrain. On la sentait nerveuse. Elle continuait à observer la rue comme si elle eût craint de voir surgir quelqu'un.

« Il y a près d'une demi-heure que je vous attends.

— Voulez-vous entrer ?

— Pas dans le café, n'est-ce pas ?... »

Dans le corridor, il hésita une seconde. Il ne pouvait pas non plus la recevoir dans sa chambre. Alors il poussa la porte de la salle de bal, vaste et vide, où les voix résonnèrent comme dans un temple.

A la lumière du jour, le décor de la scène était terne, poussiéreux. Le piano était ouvert. Il y avait une grosse caisse dans un coin et des chaises entassées jusqu'au plafond.

Derrière, des guirlandes en papier qui avaient dû servir pour un bal de société.

Beetje gardait son air de santé. Elle portait un tailleur bleu et sa poitrine était plus aguichante que jamais sous un chemisier de soie blanche.

« Vous avez pu sortir de chez vous ? »

Elle ne répondit pas tout de suite. Elle avait évidemment beaucoup de choses à dire, mais elle ne savait par où commencer.

« Je me suis sauvée, déclara-t-elle enfin. Je ne pouvais plus rester. J'avais peur ! C'est la servante qui est venue me dire que mon père était furieux, qu'il serait capable de me tuer... Déjà il m'avait enfermée dans ma chambre, sans parler... Car il ne dit jamais rien quand il est en colère... L'autre nuit, nous sommes rentrés sans un mot... Il a fermé la porte à clef. Cet après-midi, la servante m'a parlé par la serrure... Il paraît qu'à midi il est revenu, tout pâle... Il a déjeuné, puis il s'est promené à grands pas autour de la ferme... Enfin il est parti sur la tombe de ma mère...

« Il y va chaque fois qu'il a une grande décision à prendre... Alors, j'ai cassé un carreau. La servante m'a passé un tournevis et j'ai dévissé la serrure...

« Je ne veux plus retourner là-bas... Vous ne connaissez pas mon père...

— Une question ! » l'interrompit Maigret.

Et il regardait le petit sac en chevreau verni qu'elle tenait à la main.

« Combien d'argent avez-vous emporté ?

— Je ne sais pas... Peut-être cinq cents florins.

— Qui étaient dans votre chambre ? »

Elle rougit, balbutia :

« Qui étaient dans le bureau... Je voulais d'abord aller à la gare... Mais il y a un policier en face... J'ai pensé à vous... »

Ils étaient là comme dans une salle d'attente où il est possible de créer une atmosphère intime et ils ne songeaient même pas à prendre deux des chaises entassées pour s'asseoir.

Si Beetje était nerveuse, elle n'était pas affolée. Peut-être était-ce pour cela que Maigret la regar-

dait avec une certaine hostilité, qui perça surtout
dans sa voix lorsqu'il demanda :

« A combien d'hommes avez-vous déjà proposé
de vous enlever ? »

Elle perdit pied. Elle détourna la tête, balbutia :

« Qu'est-ce que vous dites ?...

— A Popinga d'abord... Était-ce le premier ?

— Je ne comprends pas.

— Je vous demande si c'était votre premier
amant... »

Un assez long silence. Puis :

« Je ne croyais pas que vous seriez si méchant
avec moi... Je venais...

— Était-ce le premier ?... En somme, il y a un
peu plus d'un an que cela dure... Mais avant
cela ?...

— Je... j'ai flirté avec le professeur de gymnastique du lycée, à Groningen...

— Flirté ?

— C'est lui qui... qui a...

— Bon ! Donc vous aviez déjà eu un amant
avant Popinga... Pas d'autres ?...

— Jamais ! s'écria-t-elle avec indignation.

— Et vous avez été la maîtresse de Barens ?

— Ce n'est pas vrai... Je le jure !...

— Vous aviez des rendez-vous avec lui...

— ... Parce qu'il était amoureux... Il osait à
peine m'embrasser...

— Et, lors de votre dernier rendez-vous, celui-
là qui a été interrompu par mon arrivée et par

celle de votre père, vous lui avez offert de partir
tous les deux...

— Comment savez-vous ?... »

Il faillit éclater de rire ! C'était déroutant d'in-
génuité ! Elle avait repris une partie de son sang-
froid ! Elle parlait de ces choses-là avec une
remarquable candeur !

« Il n'a pas voulu ?

— Il avait peur... Il me disait qu'il n'avait pas
d'argent...

— Et vous lui proposiez d'en prendre chez
vous... En bref, vous avez depuis longtemps la
marotte de l'évasion... Votre grand objectif dans
la vie est de quitter Delfzijl en compagnie d'un
homme quelconque...

— Pas quelconque ! rectifia-t-elle, vexée. Vous
êtes méchant ! Vous ne voulez pas comprendre !

— Mais si ! Mais si ! C'est même d'une simpli-
cité enfantine ! Vous aimez la vie ! Vous aimez les
hommes ! Vous aimez toutes les joies qu'il est
possible de s'offrir... »

Elle baissa les yeux, tripota son sac à main.

« Vous vous ennuyez dans la ferme modèle de
votre papa ! Vous avez envie d'autre chose ! Vous
commencez au lycée, à dix-sept ans, par le
professeur de gymnastique... Impossible de le
décider à partir... A Delfzijl, vous passez les
hommes en revue et vous en découvrez un qui
paraît plus audacieux que les autres... Popinga a
voyagé... Il aime la vie aussi... Les préjugés le

gênent aux entournures... Vous vous jetez à son
cou...

— Pourquoi vous dites...

— J'exagère peut-être ! Mettons que, comme
vous êtes une jolie fille, appétissante en diable, il
vous fasse un brin la cour ! Mais un brin de cour
timide, car il a peur des complications, peur de sa
femme, d'Any, de son directeur, de ses élèves...

— Surtout d'Any !

— Nous en parlerons tout à l'heure... Il vous
embrasse dans les coins... Je parierais qu'il n'avait
même pas l'audace d'en désirer davantage... Seulement vous croyez que c'est arrivé... Vous êtes
tous les jours sur son chemin... Vous lui apportez
des fruits, chez lui... Vous vous incrustez dans le
ménage... Vous vous faites reconduire en vélo et
vous vous arrêtez derrière le tas de bois... Vous lui
écrivez des lettres où vous lui dites votre volonté
d'évasion...

— Vous avez lu ?

— Oui !

— Et vous croyez que ce n'est pas lui qui a
commencé ? »

Elle s'emballait.

« Au début, il me disait qu'il était très malheureux, que Mme Popinga ne le comprenait pas,
qu'elle ne pensait qu'au *qu'en dira-t-on,* que c'était
une vie bête, et tout...

— Parbleu !

— Vous voyez bien que...

— Soixante hommes mariés sur cent disent

cela à la première jeune fille séduisante qu'ils rencontrent... Seulement, le malheureux est tombé sur une jeune fille qui l'a pris au mot...

— Vous êtes méchant, méchant... »

Elle était près de pleurer. Elle se contenait, tapait du pied pour souligner le mot méchant.

« Bref, il a toujours remis à plus tard ce fameux départ et vous avez bien senti qu'il ne le réaliserait jamais...

— Ce n'est pas vrai !

— Mais si ! Et la preuve c'est que vous vous assuriez en quelque sorte contre cette éventualité en acceptant les hommages de Barens... Prudemment !... Parce que, lui, c'est un jeune homme timide, bien élevé, respectueux, qu'il ne faut pas effaroucher...

— C'est horrible !

— C'est une petite histoire vécue...

— Vous me détestez, n'est-ce pas ?

— Moi ?... Pas du tout...

— Vous me détestez ! Et cependant je suis malheureuse... J'aimais Conrad...

— Et Cornélius ?... Et le professeur de gymnastique ?... »

Cette fois, elle pleura. Elle trépigna.

« Je vous défends...

— De dire que vous ne les aimiez pas ! Pourquoi pas ? Vous les aimiez dans la mesure où ils représentaient pour vous une autre vie, le grand départ qui vous a toujours hantée... »

Elle n'écoutait plus. Elle gémissait :

« Je n'aurais pas dû venir... Je croyais...

— Que j'allais vous prendre sous ma protection ?... Mais je le fais !... Seulement je ne vous considère pas pour la cause comme une victime, ni comme une héroïne... Vous êtes une petite fille gourmande, un peu sotte, un peu égoïste, et voilà tout !... Une petite fille comme il y en a beaucoup... »

Elle montra un œil humide où il y avait déjà de l'espoir.

« Tout le monde me déteste ! gronda-t-elle.

— Qui, tout le monde ?...

— Mme Popinga, d'abord, parce que je ne suis pas comme elle ! Elle voudrait que je fasse toute la journée des vêtements pour les indigènes de l'Océanie, ou que je tricote pour les pauvres... Je sais qu'elle a dit à des jeunes filles de l'ouvroir de ne pas m'imiter... Et elle a même annoncé que je finirais mal si je ne trouvais pas rapidement un mari... On me l'a répété... »

C'était à nouveau comme une bouffée du parfum un peu rance de la petite ville : l'ouvroir, les papotages, les jeunes filles de bonne famille réunies autour d'une dame patronnesse, les conseils et les confidences perfides.

« Mais c'est surtout Any...

— Qui vous déteste ?

— Oui !... Et même, la plupart du temps, quand j'arrivais, elle quittait le salon et montait dans sa chambre... Je jurerais qu'elle a depuis longtemps deviné la vérité... Mme Popinga, mal-

gré tout, est une brave femme... Elle essayait
seulement de me faire changer d'allures, de
transformer la coupe de mes robes... Et surtout de
me faire lire autre chose que des romans !... Mais
elle ne soupçonnait rien... C'était elle qui disait à
Conrad de me reconduire... »

Un drôle de sourire flottait sur le visage de
Maigret.

« Any, ce n'est pas la même chose !... Vous
l'avez vue !... Elle est laide !... Elle a les dents de
travers !... Jamais un homme ne lui a fait la
cour !... Elle le sait bien !... Elle sait qu'elle
restera vieille fille... Et c'est pour cela qu'elle a
étudié, qu'elle a voulu avoir un métier... Elle fait
semblant de détester les hommes !... Elle est dans
des ligues féministes... »

Beetje s'animait à nouveau. On sentait une
vieille rancune qui éclatait enfin.

« Alors, elle était toujours à rôder dans la
maison, à surveiller Conrad... Puisqu'elle est
condamnée à rester vertueuse, elle voudrait que
tout le monde le soit... Vous comprenez ?... Elle a
deviné, j'en suis sûre... Elle a dû essayer de
détourner son beau-frère de moi... Et même
Cornélius !... Elle voyait bien que tous les hommes me regardaient, y compris Wienands, qui
pourtant n'a jamais rien osé me dire, mais qui
devient tout rouge quand je danse avec lui... Sa
femme aussi me déteste, à cause de ça !... Peut-
être qu'Any n'a rien dit à sa sœur... Peut-être

qu'elle lui a dit... Peut-être même que c'est elle
qui a trouvé mes lettres...

— Et qui a tué ? » questionna brutalement
Maigret.

Elle bafouilla.

« Je jure que je ne sais pas... Je n'ai pas dit
ça !... Mais Any est un poison !... Est-ce que c'est
ma faute si elle est laide ?...

— Vous êtes sûre qu'elle n'a jamais eu d'amoureux ? »

Ah ! le sourire, le petit rire plutôt de Beetje, ce
rire instinctivement triomphant de femme désira-
ble qui écrase un laideron !

A croire qu'il ne s'agissait que de petites filles,
au pensionnat, en lutte pour une vétille quelconque.

« En tout cas pas à Delfzijl...

— Elle détestait son beau-frère aussi ?

— Je ne sais pas... Ce n'est pas la même
chose !... Il était de la famille... Et est-ce que
toute la famille ne lui appartenait pas un petit
peu ?... Alors, il fallait le surveiller, le garder...

— Mais pas le tuer ?

— Qu'est-ce que vous croyez ?... Vous dites
toujours ça !...

— Je ne crois rien ! Répondez-moi ! Oosting
était au courant de vos relations avec Popinga ?

— On vous a dit ça aussi ?

— Vous alliez ensemble, à bord de son bateau,
jusqu'aux bancs de Workum... Il vous laissait
seuls ?

— Oui ! Il conduisait, sur le pont...

— Et il vous laissait la cabine...

— C'était naturel... Il faisait frais, dehors...

— Vous ne l'avez pas revu depuis... depuis la mort de Conrad ?

— Non !... Je le jure...

— Il ne vous a jamais fait la cour ? »

Elle rit, du bout des dents.

« Lui ?... »

Et, pourtant, elle avait à nouveau envie de pleurer, d'énervement. Mme Van Hasselt, qui avait fini par entendre du bruit, passa la tête par l'entrebâillement d'une porte, bredouilla des excuses et regagna sa caisse. Il y eut un silence.

« Vous croyez que votre père est vraiment capable de vous tuer ?

— Oui !... Il le ferait...

— Donc, il aurait été capable de tuer votre amant... »

Elle écarquilla les yeux avec épouvante, protesta brusquement :

« Non !... Ce n'est pas vrai !... Ce n'est pas papa qui...

— Pourtant, quand vous êtes arrivée chez vous, le soir du crime, il n'y était pas...

— Comment savez-vous ?...

— Il est rentré un peu après vous, n'est-ce pas ?

— Tout de suite après... Mais...

— Dans vos dernières lettres, vous manifestiez de l'impatience. Vous sentiez que Conrad vous

échappait, que l'aventure commençait à l'effrayer,
qu'en tout cas il n'abandonnerait jamais son foyer
pour partir avec vous à l'étranger...

— Qu'est-ce que vous voulez dire ?

— Rien ! Je fais une petite mise au point. Votre
père ne tardera certainement pas à arriver... »

Elle regarda avec angoisse autour d'elle. Elle
semblait chercher une issue...

« Ne craignez rien... J'ai besoin de vous, ce
soir...

— Ce soir ?...

— Oui ! Nous allons reconstituer les faits et
gestes de chacun la nuit du crime...

— Il me tuera !

— Qui ?...

— Mon père !

— Je serai là. Ne craignez rien.

— Mais... »

La porte s'ouvrit. Jean Duclos entra, la referma
vivement sur lui, tourna la clef dans la serrure,
s'avança d'un air affairé.

« Attention !... Le fermier est ici... Il...

— Conduisez-la dans votre chambre...

— Dans ma... ?

— Dans la mienne si vous préférez ! »

On entendait des pas dans le couloir. Il y avait
près de la scène une porte qui communiquait avec
l'escalier de service. Le couple passa par là. Maigret tourna la clef, se trouva nez à nez avec le
fermier Liewens qui regarda par-dessus l'épaule
du commissaire.

« Beetje ?... »

C'était à nouveau la question des langues qui jouait. Ils ne pouvaient pas se comprendre. Maigret se contenta, de son corps épais, de faire de l'obstruction, de gagner quelques instants tout en évitant de mettre son interlocuteur en colère.

Jean Duclos ne tarda pas à descendre, en prenant un air faussement dégagé.

« Dites-lui que sa fille lui sera rendue ce soir, qu'on aura besoin de lui aussi pour la reconstitution du crime...

— Il faut ?...

— Mais traduisez, sacrebleu, puisque je vous le dis ! »

Duclos le fit, d'une voix douceâtre. Le fermier les regarda tous les deux.

« Dites-lui encore que, ce soir, l'assassin sera sous les verrous... »

Ce fut traduit. Et alors Maigret eut juste le temps de bondir, de renverser Liewens qui avait saisi un revolver et qui essayait d'en tourner le canon vers sa tempe.

Le combat fut bref. Maigret était si lourd que son adversaire ne tarda pas à être immobilisé, désarmé, tandis qu'une pile de chaises, heurtée par les deux corps, s'écroulait avec fracas, blessait légèrement le commissaire au front.

« Fermez la porte à clef ! cria Maigret à Duclos. Pas la peine qu'on entre... »

Et il se redressa en soufflant.

9

RECONSTITUTION

LES Wienands arrivèrent les premiers, à sept heures et demie précises. Il n'y avait, à ce moment, dans la salle des fêtes de l'hôtel Van Hasselt, que trois hommes qui attendaient sans se grouper, sans s'adresser la parole : Jean Duclos, un peu nerveux, allant et venant d'un bout à l'autre de la pièce ; le fermier Liewens, renfrogné, immobile sur une chaise, et Maigret, adossé au piano, la pipe aux dents.

Personne n'avait pensé à allumer toutes les lampes. Une seule grosse ampoule, pendue très haut, diffusait une lumière grise. Les chaises étaient toujours entassées dans le fond, sauf un rang, le premier, que Maigret avait fait reconstituer.

Sur la petite scène vide, une table couverte d'un tapis vert, une chaise.

Les Wienands étaient endimanchés... Ils avaient obéi à la lettre aux instructions qui leur avaient été données, puisqu'ils avaient emmené leurs deux enfants. On sentait qu'ils avaient dîné en hâte, qu'ils avaient laissé là-bas la salle à manger en désordre pour être à l'heure.

Wienands se découvrit en entrant, chercha quelqu'un à saluer et, après une velléité de se diriger vers le professeur, il entraîna sa famille dans un coin où il attendit, en silence. Son faux col était trop haut, sa cravate mal faite.

Cornélius Barens arriva presque aussitôt après, si pâle, si nerveux, qu'il semblait sur le point de fuir à la moindre alerte. Il chercha, lui aussi, à joindre quelqu'un, à former groupe, mais il n'osa s'avancer vers personne et il s'adossa au tas de chaises.

L'inspecteur Pijpekamp amena Oosting, dont le regard pesa sur Maigret. Et ce furent les dernières arrivées : Mme Popinga et Any, qui entrèrent en marchant vite, s'arrêtèrent une seconde, se dirigèrent vers le premier rang des chaises.

« Faites descendre Beetje ! dit Maigret à l'inspecteur. Qu'un de vos agents surveille Liewens et Oosting. Ils n'étaient pas ici le soir du drame. Nous n'en aurons besoin que tout à l'heure. Ils peuvent se tenir au fond de la salle... »

Quand Beetje fut là aussi, d'abord déroutée, puis volontairement raidie dans un sursaut d'orgueil à la vue d'Any et de Mme Popinga, il y eut comme un temps d'arrêt dans toutes les respirations.

Et ce n'était pas parce que l'atmosphère était

dramatique ! Elle ne l'était pas ! Elle était sordide, au contraire !

Cela avait l'air d'une pincée d'humains, dans cette grande salle vide au plafond éclairé par une seule lampe.

Il fallait un effort pour se dire que quelques jours plus tôt des gens, les notables de Delfzijl, avaient payé le droit de s'asseoir sur une des chaises empilées, étaient entrés en posant pour la galerie, avaient échangé des sourires, des poignées de main, s'étaient assis face à la scène, endimanchés, avaient applaudi l'arrivée de Jean Duclos.

C'était exactement comme si, soudain, on eût vu le même spectacle par le petit bout de la lunette !

Par le fait de l'attente, de l'incertitude dans laquelle chacun était de ce qui allait se passer, les visages n'exprimaient même pas de l'inquiétude ou de la douleur. C'était autre chose ! Des yeux mornes, vides de pensée. Les traits tirés, brouillés.

Et la lumière rendait toutes les peaux grises. Beetje elle-même n'avait plus rien d'excitant.

C'était sans prestige, sans grandeur. C'était pitoyable ou risible.

Dehors, des gens s'étaient groupés, silencieux, parce que le bruit avait couru vers la fin de l'après-midi qu'il allait se passer quelque chose. Mais nul n'imaginait certes que le spectacle était si peu passionnant.

C'est vers Mme Popinga que Maigret se dirigea d'abord.

« Voulez-vous vous installer à la même place que l'autre soir ? » dit-il.

Chez elle, quelques heures plus tôt, elle était pathétique. C'était fini. Elle paraissait plus vieille. On remarquait que son tailleur, mal coupé, lui faisait une épaule un peu plus large que l'autre et qu'elle avait de grands pieds. Et aussi une cicatrice au cou, en dessous de l'oreille.

C'était pis pour Any, dont le visage n'avait jamais été aussi dissymétrique. Son accoutrement était ridicule, étriqué, son chapeau de mauvais goût.

Mme Popinga s'assit au milieu du premier rang, à la place d'honneur. L'autre jour, dans les lumières, avec tout Delfzijl derrière elle, elle devait être rose d'orgueil et de plaisir.

« Qui était à côté de vous ?

— Le directeur de l'École navale...

— De l'autre côté ?

— M. Wienands... »

Il fut prié de venir prendre sa place. Il n'avait pas quitté son pardessus. Il s'assit gauchement, en regardant ailleurs.

« Mme Wienands ?...

— Tout au bout du rang, à cause des enfants.

— Beetje ?... »

Celle-ci alla prendre sa place d'elle-même, laissant une chaise vide entre elle et Any : la chaise de Conrad Popinga.

Pijpekamp se tenait debout à quelque distance, dérouté, ahuri, mal à l'aise, inquiet par surcroît. Jean Duclos attendait son tour.

« Montez sur la scène ! » lui dit Maigret.

Ce fut peut-être celui qui perdit le plus de prestige. Il était maigre, mal habillé. On avait de la peine à réaliser que certain soir cent personnes s'étaient dérangées pour venir l'entendre.

Le silence était aussi angoissant que cette lumière à la fois trop précise et insuffisante qui tombait du plafond lointain. Dans le fond de la salle, le Baes toussa quatre ou cinq fois, exprimant le malaise général.

Maigret lui-même n'était pas sans trahir quelque inquiétude. Il surveillait sa mise en scène. Son regard lourd allait d'un personnage à l'autre, s'arrêtant sur de menus détails, sur la pose de Beetje, sur la jupe trop longue d'Any, sur les ongles mal soignés de Duclos qui, tout seul devant sa table de conférencier, essayait de garder une contenance.

« Vous avez parlé pendant combien de temps ?

— Trois quarts d'heure...

— Vous lisiez votre conférence ?

— Pardon ! C'est la vingtième fois que je la fais. Je ne me sers même plus de mes notes...

— Donc, vous regardiez la salle... »

Et il alla s'asseoir un instant entre Beetje et Any. Les chaises étaient assez serrées. Son genou toucha celui de Beetje.

« A quelle heure la soirée a-t-elle pris fin ?

— Un peu avant neuf heures... Car, aupara·
vant, une jeune fille a joué du piano... »

Ce piano était toujours ouvert, avec une *Polo-
naise*, de Chopin, sur le pupitre. Mme Popinga
commençait à mordiller son mouchoir. Oosting
remuait, dans le fond. Ses pieds bougeaient sans
cesse sur le plancher couvert de sciure.

Il était huit heures et quelques minutes. Maigret se leva, se mit à marcher.

« Voulez-vous, monsieur Duclos, me résumer
le thème de votre conférence ? »

Mais Duclos resta incapable de parler. Ou
plutôt il voulut commencer sa causerie textuelle.
Il murmura après des toussotements :

« Ce n'est pas à l'intelligente population de
Delfzijl que je ferai l'injure de...

— Pardon ! Vous parliez de criminalité. Dans
quel sens ?

— De la responsabilité des criminels...

— Et vous prétendiez ?...

— Que c'est notre société qui est responsable
des fautes qui se commettent dans son sein et
qu'on appelle des crimes... Nous avons organisé
la vie pour le plus grand bien de tous... Nous
avons créé des classes sociales et il est nécessaire
de faire entrer chaque individu dans l'une
d'elles... »

Il fixait le tapis vert, tout en parlant. Sa voix
manquait de netteté.

« Cela suffit ! grogna Maigret. Je connais : « Il
y a des individus d'exception, des malades ou des

inadaptés... Ils se heurtent à des cloisons infran-
chissables... Ils sont rejetés de part et d'autre et
échouent dans le crime »... Je suppose que c'est
bien cela ?... Ce n'est pas nouveau... Conclusion :
« Plus de prisons, mais des centres de rééduca-
tion, des hôpitaux, des maisons de repos, des
cliniques... »

Duclos, renfrogné, ne répondit pas.

« Bref, vous avez dit cela en trois quarts
d'heure, avec quelques exemples frappants...
Vous avez cité Lombroso, Freud et compagnie. »

Il regarda sa montre, s'adressa surtout au
premier rang de chaises.

« Je vous demande d'attendre encore quelques
minutes... »

A ce moment précis un des enfants Wienands se
mit à pleurer. Et sa mère, trop nerveuse, le secoua
pour le calmer. Wienands, voyant qu'elle n'arrivait à rien, prit le gosse sur ses genoux, commença
par le caresser avec douceur, puis lui pinça le bras
pour le faire taire.

Il fallait regarder la chaise vide, entre Any et
Beetje, pour se souvenir qu'il s'agissait d'un
drame. Et encore ! Est-ce que Beetje, avec sa
figure saine, mais banale, méritait de jeter le
trouble dans un ménage ?

Il n'y avait qu'une chose en elle pour attirer, et
c'était la magie de cette mise en scène de souligner
ainsi la vérité pure, de ramener les événements à
leur crudité première : deux beaux seins, que la
soie rendait plus aguichants, des seins de dix-neuf

ans qui tremblaient à peine sous la blouse, juste de quoi les rendre plus vivants.

Un peu plus loin, Mme Popinga qui, même à dix-neuf ans, n'avait pas eu de seins pareils, Mme Popinga trop habillée, avec des couches de vêtements sobres, de bon ton, qui lui enlevaient tout attrait charnel.

Puis Any, pointue, laide, plate, mais énigmatique.

Popinga avait rencontré Beetje, un Popinga bon vivant, un Popinga qui avait tellement envie de savourer des bonnes choses !... Et il n'avait pas vu le visage de Beetje, ses yeux de faïence, il n'avait surtout pas deviné la volonté d'évasion qui se cachait derrière ce visage de poupée.

Il avait vu cette poitrine vivante, ce corps sain, attirant !

Mme Wienands, elle, n'était même plus femme. Elle était la mère, la ménagère. Elle était en train de moucher son gamin qui n'avait plus la force de pleurer.

« Je dois rester ici ? questionna Jean Duclos, de l'estrade.

— Je vous en prie... »

Et Maigret s'approcha de Pijpekamp, lui dit quelques mots à voix basse. Le policier de Groningen sortit un peu plus tard avec Oosting.

Des gens jouaient au billard dans le café. On entendait le heurt des billes.

Et, dans la salle, les poitrines étaient oppressées. Cela sentait la réunion spirite, l'attente de quelque chose d'effrayant. Any fut la seule à oser se lever soudain, à prononcer après avoir hésité un bon moment :

« Je ne vois pas où vous voulez en venir... C'est... c'est...

— Il est l'heure... Pardon ! Où est Barens ?... »

Il n'y avait plus pensé. Il le trouva assez loin dans la salle, appuyé à un mur.

« Pourquoi n'avez-vous pas pris votre place ?

— Vous avez dit : comme l'autre soir... »

Le regard était mobile, la voix haletante.

« L'autre soir, j'étais dans les places à cinquante *cents*, avec les autres élèves... »

Maigret ne s'en occupa plus. Il alla ouvrir la porte communiquant avec un porche débouchant lui-même dans la rue et permettant de ne pas passer par le café. Il ne vit que trois ou quatre silhouettes dans l'obscurité.

« Je suppose que, la conférence finie, il y a eu un groupement au pied de l'estrade... Le directeur de l'école... Le pasteur... Quelques notables félicitant l'orateur... »

Personne ne répondit, mais ces mots suffisaient à évoquer la scène : tous les rangs de spectateurs se dirigeant vers la sortie, les bruits de chaises, les conversations et là, près de la scène, un groupe, des poignées de main, des éloges...

La salle se vidant... Le dernier groupe se dirigeant enfin vers la porte... Barens rejoignant les Popinga...

« Vous pouvez venir, monsieur Duclos... »

Tout le monde se leva. Mais chacun avait l'air d'hésiter sur le rôle qu'il avait à jouer. On regardait Maigret. Any et Beetje feignaient de ne pas se voir. Wienands, gauche, emprunté, portait son plus jeune bébé.

« Suivez-moi... »

Et, un peu avant la porte :

« Nous allons nous diriger vers la maison dans le même ordre que le jour de la conférence... Mme Popinga et M. Duclos... »

Ils se regardèrent, hésitèrent, firent quelques pas dans la rue obscure...

« Mademoiselle Beetje !... Vous marchiez avec Popinga... Allez toujours... Je vous rejoindrai tout à l'heure... »

Elle osait à peine se diriger toute seule vers la ville et surtout elle craignait son père, gardé dans un coin de la salle par un policier.

« M. et Mme Wienands... »

Ils furent les plus naturels, parce qu'ils devaient s'occuper des enfants.

« Mlle Any et Barens... »

Ce dernier faillit éclater en sanglots, dut se mordre les lèvres, passa pourtant devant Maigret.

Alors le commissaire se tourna vers le policier qui gardait Liewens.

« Le soir du drame, à cette heure, il était chez lui. Voulez-vous l'y conduire et lui faire faire exactement ce qu'il a fait alors ?... »

Cela ressemblait à un cortège mal réglé. Les premiers partis s'arrêtaient, se demandant s'ils devaient continuer leur route. Il y avait des hésitations, des haltes.

Mme Van Hasselt, de son seuil, assistait à la scène tout en répondant aux joueurs de billard qui lui parlaient.

La ville était aux trois quarts endormie, les boutiques closes. Mme Popinga et Duclos prirent directement le chemin du quai et l'on devinait que le professeur essayait de rassurer sa compagne.

Il y avait des alternatives de lumière et d'ombre, car les becs de gaz étaient espacés.

On distingua l'eau noire, les bateaux qui se balançaient, avec chacun un fanal dans la mâture. Beetje, sentant Any derrière elle, essayait de marcher d'une allure dégagée, mais le fait qu'elle était seule rendait cette attitude difficile.

Il y avait quelques pas entre chaque groupe. Cent mètres plus loin, on vit nettement le bateau d'Oosting, parce qu'il était le seul à être peint en blanc. Il n'y avait pas de lumière aux hublots. Le quai était désert.

« Voulez-vous vous arrêter tous à la place où vous êtes ? » fit Maigret de façon à être entendu de tous les groupes.

Ils restèrent figés. La nuit était noire. Le pinceau lumineux du phare passait très haut au-dessus des têtes et n'éclairait rien.

Alors Maigret s'adressa à Any :

« Vous étiez bien à cette place dans le cortège ?

— Oui...

— Et vous, Barens ?

— Oui... Je crois...

— Vous en êtes certain ?... Vous marchiez en compagnie d'Any ?...

— Oui... Attendez... Ce n'est pas ici, mais dix mètres plus loin, qu'Any m'a fait remarquer que le manteau d'un des enfants traînait par terre...

— Et vous avez fait quelques pas en avant pour en avertir Wienands ?

— Mᵐᵉ Wienands...

— Cela n'a duré que quelques secondes ?

— Oui... Les Wienands ont continué à marcher... J'ai attendu Any...

— Vous n'avez rien remarqué d'anormal ?

— Rien !...

— Avancez tous de dix mètres !... » commanda Maigret.

Et alors il se fit que la sœur de Mᵐᵉ Popinga était juste à hauteur du bateau d'Oosting.

« Marchez vers les Wienands, Barens... »

Et, à Any :

« Prenez cette casquette qui est sur le pont ! »

Il n'y avait que trois pas à faire, à se pencher. La casquette était là, noir sur blanc, bien visible, avec son écusson qui avait un reflet métallique.

« Pourquoi voulez-vous ?...

— Prenez-la ! »

On devinait les autres, plus loin, qui essayaient de se rendre compte de ce qui se passait.

« Mais je n'ai pas...

— Peu importe !... Nous ne sommes pas au

complet... Chacun doit jouer plusieurs rôles... Ce n'est qu'une expérience... »

Elle prit la casquette.

« Cachez-la sous votre manteau... Rejoignez Barens... »

Il monta lui-même sur le pont du bateau, appela :

« Pijpekamp !

— Ya !... »

Et le policier se montra, à l'écoutille d'avant. C'était l'écoutille du poste où couchait Oosting. Dans le poste, il n'y avait pas assez de hauteur pour qu'un homme pût se tenir debout, si bien qu'il était logique, pour fumer une dernière pipe, par exemple, de laisser dépasser la tête, de s'accouder au pont.

Oosting était précisément là, dans cette pose. Du quai, de l'endroit où se trouvait la casquette, on ne pouvait le voir, mais lui voyait parfaitement le voleur de la casquette.

« Bon !... Faites-lui faire la même chose que l'autre nuit... »

Et Maigret remonta les groupes.

« Continuez à marcher ! Je prends la place de Popinga... »

Il se trouva au côté de Beetje, avec devant lui Mᵐᵉ Popinga et Duclos, derrière les Wienands, enfin Any et Barens. On percevait du bruit plus loin encore : Oosting, surveillé par l'inspecteur, qui se mettait en marche.

Désormais, on ne devait plus passer par des

rues éclairées. Après·le port, on côtoyait l'écluse
déserte séparant la mer du canal. Puis c'était le
chemin de halage, avec des arbres à droite et, à un
demi-kilomètre, la maison des Popinga.

Beetje balbutia :

« Je ne comprends pas...

— Chut !... La nuit est calme... On peut nous
entendre comme nous percevons les voix de ceux
qui nous précèdent et de ceux qui nous suivent...
Donc, Popinga vous a parlé à voix haute de choses
et d'autres, sans doute de la conférence...

— Oui...

— Seulement à voix basse, vous lui avez fait
des reproches...

— Comment le savez-vous ?

— Peu importe... Attendez !... Pendant la
conférence, vous étiez près de lui... Vous avez
essayé de toucher sa main... Est-ce qu'il ne vous a
pas repoussée ?

— Oui ! balbutia-t-elle, impressionnée, en le
regardant avec des prunelles écarquillées.

— Et vous avez recommencé...

— Oui... Jadis, il n'était pas si prudent... Il
m'embrassait même chez lui, derrière la porte...
Mieux !... Une fois dans la salle à manger, alors
que Mme Popinga était dans le salon et nous
parlait... C'était les derniers temps qu'il était
peureux.

— Donc, vous lui avez fait des reproches...
Vous lui avez répété que vous vouliez partir avec
lui, sans cesser la conversation à voix haute... »

Et l'on entendait des pas devant, des pas derrière, des murmures, Duclos qui disait :

« ... vous assure que cela ne correspond à aucune méthode d'investigation policière... »

Et, derrière, Mme Wienands qui grondait son gosse en néerlandais.

On aperçut la maison, dans l'ombre. Il n'y avait aucune lumière. Mme Popinga s'arrêta sur le seuil.

« Vous vous êtes arrêtée de même, n'est-ce pas ? parce que c'est votre mari qui avait la clef ?

— Oui... »

Les groupes se rejoignaient.

« Ouvrez ! dit Maigret. La bonne était couchée ?

— Oui... comme aujourd'hui... »

La porte ouverte, elle tourna le commutateur électrique. Le corridor fut éclairé, et le porte-manteau de bambou, à gauche.

« Popinga était très gai, dès ce moment ?...

— Très gai ! Mais pas naturel... Il parlait trop fort... »

On se débarrassait des manteaux et des chapeaux.

« Pardon ! Tout le monde s'est déshabillé ici ?

— Sauf Any et moi ! dit Mme Popinga. Nous sommes montées dans les chambres, pour faire un peu de toilette...

— Sans entrer d'abord dans une autre pièce ? Qui a éclairé le salon ?...

— Conrad...

— Montez, voulez-vous ?... »

Et il monta avec elles.

« Any ne s'est pas arrêtée dans votre chambre, qu'elle devait traverser pour gagner la sienne ?

— Non... Je ne crois pas...

— Répétez, je vous prie, les mêmes gestes... Mademoiselle Any, veuillez aller déposer chez vous la casquette, votre manteau et votre chapeau... Qu'est-ce que vous avez fait l'une et l'autre ce soir-là ?... »

La lèvre inférieure de Mme Popinga se souleva.

« Un peu de poudre..., dit-elle d'une voix d'enfant. Un coup de peigne... Mais je ne peux pas... C'est affreux !... Il me semble... J'entendais la voix de Conrad, en bas... Il parlait de T.S.F., de prendre *Radio-Paris*... »

Mme Popinga jeta son manteau sur son lit. Elle pleurait sans larmes, d'énervement. Any, toute droite au milieu du cabinet de travail qui lui servait de chambre, attendait.

« Vous êtes descendues ensemble ?

— Oui... Non !... Je ne sais plus... Je crois qu'Any est descendue un peu après moi... Je pensais au thé à préparer...

— Dans ce cas, voulez-vous bien descendre ? »

Il resta seul avec Any, ne dit pas un mot, lui prit la casquette des mains, regarda autour de lui et la cacha sur le divan.

« Venez...

— Est-ce que vous croyez ?...

— Non ! Venez... Vous n'avez pas mis de poudre...

— Jamais ! »

Elle avait les yeux cernés. Maigret la fit passer devant lui. Les marches de l'escalier craquèrent. En bas, c'était un silence absolu. Au point que, quand ils entrèrent dans le salon, l'ambiance était irréelle. Cela ressemblait à un musée de figures de cire. Personne n'avait osé s'asseoir. Seule Mme Wienands arrangeait les cheveux en désordre de son aîné.

« Prenez place, comme l'autre soir... Où est l'appareil de T.S.F. ?... »

Il le trouva lui-même, tourna les boutons, fit gicler des sifflements, éclater des voix, des résidus de musique, accrocha enfin un poste où deux comiques jouaient un sketch français.

Le colon disait au capiston...

La voix s'amplifia avec la mise au point. Deux ou trois sifflements encore.

... et c'est un bon type, le capiston... Mais le colon, mon vieux...

Et cette voix faubourienne, gouailleuse, résonnait dans le salon bien rangé, où tout le monde gardait une immobilité absolue.

« Asseyez-vous ! tonna Maigret. Qu'on fasse le thé ! Qu'on parle... »

Il voulut voir à travers la fenêtre, mais les volets étaient clos. Il alla ouvrir la porte, appela :

« Pijpekamp !

— Oui…, fit une voix dans l'ombre.

— Il est là ?

— Derrière le deuxième arbre, oui ! »

Maigret rentra. La porte claqua. Le sketch était fini et la voix du speaker annonçait :

… disque Odéon numéro vingt-huit mille six cent soixante-quinze…

Un grattement. Un air de jazz. Mme Popinga se collait au mur. A travers l'audition, on devinait une autre voix qui nasillait dans une langue étrangère et parfois il y avait un craquement, après quoi la musique reprenait…

Maigret chercha Beetje des yeux. Elle était écroulée dans un fauteuil. Elle pleurait à chaudes larmes. Elle balbutiait entre ses sanglots :

« Pauvre Conrad !… Conrad !… »

Et Barens, exsangue, se mordait les lèvres.

« Le thé !… commanda Maigret à Any.

— Ce n'était pas encore maintenant… On avait roulé le tapis… Conrad dansait… »

Beetje eut un sanglot plus aigu. Maigret regarda le tapis, la table de chêne et son surtout brodé, la fenêtre, Mme Wienands qui ne savait que faire de ses enfants.

10

QUELQU'UN QUI ATTEND L'HEURE

MAIGRET les dominait de toute sa taille, ou plutôt de toute sa masse. Le salon était petit. Adossé à la porte, le commissaire semblait trop grand pour lui. Il était grave. Peut-être ne fut-il jamais plus humain que quand il prononça, lentement, d'une voix un peu sourde :

« La musique continue... Barens aide Popinga à rouler le tapis... Dans un coin, Jean Duclos parle et s'écoute parler, face à Mme Popinga et à Any... Wienands et sa femme songent à partir, à cause des enfants, se le disent à voix basse... Popinga a bu un verre de cognac... C'est assez pour l'exciter... Il rit... Il fredonne... Il s'approche de Bectje et l'invite à danser... »

Mme Popinga regardait fixement le plancher. Any gardait ses prunelles fiévreuses braquées sur le commissaire, qui acheva :

« L'assassin sait déjà qu'il tuera... Il y a quelqu'un qui regarde danser Conrad et qui sait que dans deux heures cet homme qui rit d'un rire un peu trop sonore, qui voudrait s'amuser malgré tout, qui a soif de vie et d'émotions, ne sera plus qu'un cadavre... »

On sentit le choc, littéralement. La bouche de Mme Popinga s'ouvrit pour un cri qu'elle n'articula pas. Beetje sanglotait toujours.

L'atmosphère, du coup, était changée. Pour un peu, on eût cherché Conrad des yeux. Conrad qui dansait ! Conrad que deux prunelles d'assassin guettaient.

Il n'y eut que Jean Duclos pour laisser tomber :

« Très fort ! »

Et, comme personne ne l'écoutait, il poursuivit pour lui-même, avec l'espoir d'être entendu de Maigret :

« Maintenant, j'ai compris votre méthode, qui n'est pas nouvelle ! Terroriser le coupable, le suggestionner, le remettre dans l'atmosphère de son crime pour le forcer à avouer... On en a vu qui, traités de la sorte, répétaient malgré eux les mêmes gestes... »

Mais ce n'était qu'un bourdonnement confus. Ces mots-là n'étaient pas de ceux qu'on pouvait entendre à pareil moment.

Le haut-parleur continuait à répandre sa musique et cela suffisait à hausser l'atmosphère d'un ton.

Wienands, après que sa femme lui eut chuchoté quelque chose à l'oreille, se leva timidement.

« Oui ! Oui ! Vous pouvez aller ! » lui dit Maigret avant qu'il eût parlé.

Pauvre Mme Wienands, petite bourgeoise bien

élevée, qui aurait voulu dire au revoir à tout le monde, faire saluer ses enfants, et qui ne savait comment s'y prendre, qui serrait la main de Mme Popinga sans rien trouver à dire !

Il y avait une pendule sur la cheminée. Elle marquait dix heures cinq minutes.

« Ce n'est pas encore le moment du thé ? questionna Maigret.

— Oui ! répondit Any en se levant et en se dirigeant vers la cuisine.

— Pardon, madame ! Vous n'êtes pas allée préparer le thé avec votre sœur ?

— Un peu plus tard...

— Vous l'avez trouvée dans la cuisine ? »

Mme Popinga se passa la main sur le front. Elle faisait un effort pour ne pas sombrer dans l'hébétude. Elle fixa le haut-parleur avec désespoir.

« Je ne sais plus... Attendez !... Je crois qu'Any sortait de la salle à manger, parce que le sucre est dans le buffet...

— Il y avait de la lumière ?

— Non... Peut-être... Non ! Il me semble que non.

— Vous ne vous êtes rien dit ?

— Oui ! J'ai dit : « *Il ne faut pas que Conrad boive d'autres verres, autrement il ne sera plus correct...* »

Maigret se dirigea vers le corridor, au moment où les Wienands refermaient la porte d'entrée. La cuisine était très claire, d'une propreté méticuleuse. De l'eau chauffait sur un réchaud à gaz. Any retirait le couvercle d'une théière.

« Ce n'est pas la peine de faire du thé. »

Ils étaient seuls. Any le regarda dans les yeux.

« Pourquoi m'avez-vous forcée à prendre la casquette ? questionna-t-elle.

— Peu importe... Venez... »

Dans le salon, personne ne parlait, personne ne bougeait.

« Vous comptez laisser jouer cette musique jusqu'au bout ? se décida pourtant à protester Jean Duclos.

— Peut-être. Il y a encore quelqu'un que je voudrais voir : c'est la servante. »

Mme Popinga regarda Any, qui répondit :

« Elle est couchée... Elle se couche toujours à neuf heures...

— Eh bien, allez lui dire de descendre un moment... Ce n'est pas la peine qu'elle s'habille... »

Et, de la même voix de récitant qu'il avait adoptée au début, il répéta, obstiné :

« Vous dansiez avec Conrad, Beetje... Dans le coin, on parlait gravement... Et quelqu'un savait qu'il y aurait un mort... Quelqu'un savait que c'était le dernier soir de Popinga... »

★ ★ ★

On perçut du bruit, des pas, un claquement de porte au deuxième étage de la maison, étage qui n'était composé que de mansardes. Puis un murmure se rapprocha. Any entra la première. Une silhouette restait debout dans le corridor.

« Venez !... grogna Maigret. Que quelqu'un lui dise de ne pas avoir peur, d'entrer... »

La servante avait des traits flous, un grand visage plat, ahuri. Sur une chemise de nuit en pilou crème, qui lui tombait sur les pieds, elle s'était contentée de passer un manteau. Ses yeux étaient brouillés de sommeil, ses cheveux en désordre. Elle sentait le lit tiède.

Le commissaire s'adressa à Duclos.

« Demandez-lui en néerlandais si elle était la maîtresse de Popinga... »

Mme Popinga détourna la tête douloureusement. La phrase fut traduite. La domestique secoua énergiquement la tête.

« Répétez votre question ! Demandez-lui si jamais son patron n'a essayé d'obtenir quelque chose d'elle... »

Nouvelles protestations.

« Dites-lui qu'elle risque la prison si elle ne dit pas la vérité ! Divisez la question. L'a-t-il déjà embrassée ? A-t-il parfois pénétré dans sa chambre quand elle y était ?... »

Ce fut brutalement une crise de larmes de la fille en chemise de nuit, qui s'écria :

« Je n'ai rien fait !... Je jure que je n'ai rien fait... »

Duclos traduisit. Les lèvres pincées, Any fixait la bonne.

« Elle était tout à fait sa maîtresse ? »

Mais la servante était incapable de parler. Elle protestait. Elle pleurait. Elle demandait pardon. Elle articulait des mots dévorés à moitié par les sanglots.

« Je ne crois pas ! traduisit enfin le professeur. A ce que je comprends, il la lutinait. Quand il était seul avec elle dans la maison, il tournait autour d'elle à la cuisine... Il l'embrassait... Une fois il a pénétré dans sa chambre comme elle s'habillait... Il lui donnait du chocolat en cachette... Mais pas plus !...

— Elle peut aller se recoucher... »

On entendit la jeune fille monter l'escalier. Quelques instants plus tard, il y avait des allées et venues dans sa chambre. Maigret s'adressa à Any :

« Voulez-vous avoir l'obligeance de voir ce qu'elle fait ? »

On le sut très vite.

« Elle veut partir tout de suite ! Elle a honte ! Elle ne veut pas rester une heure de plus dans la maison ! Elle demande pardon à ma sœur... Elle dit qu'elle ira à Groningen ou ailleurs, mais qu'elle ne vivra plus à Delfzijl... »

Et Any d'ajouter, agressive :

« C'est cela que vous cherchez ? »

L'horloge marquait 10 h 40. Une voix, dans le haut-parleur, annonçait :

Notre audition est terminée. Bonsoir mesdames, bonsoir mesdemoiselles, bonsoir messieurs...

Puis on entendait une musique lointaine, très assourdie, celle d'un autre poste.

Maigret, nerveusement, coupa le contact et ce fut le silence brutal, absolu. Beetje ne pleurait plus, mais elle continuait à se cacher le visage de ses deux mains.

« La conversation a continué ? » questionna le commissaire avec une lassitude sensible.

Personne ne répondit. Les traits étaient encore plus burinés que dans la salle de l'hôtel Van Hasselt.

« Je vous demande pardon de cette soirée pénible... »

Maigret s'adressait surtout à Mme Popinga.

« ... mais n'oubliez pas que votre mari était encore en vie... Il était ici, un peu excité par le cognac... Il a dû en boire à nouveau...

— Oui...

— Il était condamné, vous comprenez !... Et par quelqu'un qui le regardait... Et d'autres, qui sont ici en ce moment, refusent de dire ce qu'ils savent, se font ainsi les complices de l'assassin... »

Barens eut un hoquet, se mit à trembler.

« N'est-ce pas, Cornélius ?... lui dit Maigret à brûle-pourpoint, en le regardant dans les yeux.

— Non !... Non !... Ce n'est pas vrai...

— Alors, pourquoi tremblez-vous ?...

— Je... je... »

Il était sur le point de céder à une nouvelle crise, comme sur le chemin de la ferme.

« Écoutez-moi !... Il va être l'heure à laquelle Beetje est partie avec Popinga... Vous êtes sorti tout de suite après, Barens... Vous les avez suivis un moment... Vous avez vu quelque chose...

— Non !... Ce n'est pas vrai...

— Attendez !... Après ce triple départ, il ne restait ici que Mme Popinga, Any et le professeur Duclos... Ces trois personnes ont gagné le premier étage... »

Any approuva de la tête.

« Chacun est entré dans sa chambre, n'est-ce pas ?... Dites-moi ce que vous avez vu, Barens !... »

Il s'agita vainement. Maigret le tenait, tout palpitant, sous son regard.

« Non !... Rien !... Rien !...

— Vous n'avez pas vu Oosting, caché derrière un arbre ?

— Non !

— Et pourtant vous avez rôdé autour de la maison... Donc, vous aviez vu quelque chose...

— Je ne sais pas... Je ne veux pas... Non !... C'est impossible !... »

Tout le monde le regardait. Lui n'osait regarder personne. Et Maigret, impitoyable :

« C'est d'abord sur la route que vous avez vu quelque chose. Les deux vélos étaient partis... Ils devaient passer à l'endroit éclairé par le phare... Vous étiez jaloux... Vous attendiez... Et vous avez

dû attendre longtemps… Un temps qui ne corres-
pondait pas à la longueur du chemin…

— Oui…

— Autrement dit, le couple s'était arrêté dans
l'ombre des piles de bois… Ce n'était pas assez
pour vous effrayer… Seulement assez pour vous
mettre en colère, ou pour vous désespérer… Donc
vous avez vu autre chose, d'effrayant… Assez
effrayant, en tout cas, pour que vous restiez par
ici alors qu'il était l'heure de rentrer à l'école…
Vous vous trouviez dans la direction du tas de
bois… Vous ne pouviez voir qu'une fenêtre… »

Du coup, Barens se dressa, affolé, perdant tout
contrôle de lui-même.

« Ce n'est pas possible que vous sachiez… Je…
je…

— …La fenêtre de Mme Popinga… Il y avait
quelqu'un à cette fenêtre… Quelqu'un qui avait
vu, comme vous, le couple passer beaucoup trop
tard dans le rayon lumineux du phare, quelqu'un
qui savait donc que Conrad et Beetje s'étaient
arrêtés dans l'ombre, longtemps…

— Moi ! » dit avec netteté Mme Popinga.

Et ce fut au tour de Beetje de s'affoler, de la
regarder avec des yeux écarquillés par la terreur.

Contrairement à l'attente, Maigret ne posa plus
une seule question. Cela créa d'ailleurs un
malaise. On avait l'impression qu'arrivé au point
culminant on s'arrêtait soudain.

Et le commissaire allait ouvrir la porte d'entrée,
appelait :

« Pijpekamp !... Venez, je vous prie... Laissez Oosting à sa place... Je suppose que vous avez vu les fenêtres des Wienands s'éclairer et s'éteindre... Ils doivent être couchés...

— Oui...

— Et Oosting ?

— Il est resté derrière l'arbre... »

L'inspecteur de Groningen regardait autour de lui avec étonnement. Tout était d'un calme incompréhensible. Et les visages étaient des visages de gens ayant passé des nuits et des nuits sans dormir !

« Voulez-vous rester ici un moment ?... Je vais sortir avec Beetje Liewens, comme l'a fait Popinga... Mme Popinga montera dans sa chambre, ainsi qu'Any et le professeur Duclos... Je leur demande de faire les mêmes gestes que l'autre nuit... »

Et, se tournant vers Beetje :

« Veuillez venir ?... »

Il faisait frais, dehors. Maigret contourna le bâtiment, trouva dans la remise le vélo de Popinga et deux vélos de femme.

« Prenez-en un... »

Puis, tandis qu'ils roulaient doucement sur le chemin de halage, vers le chantier de bois :

« Qui a proposé de s'arrêter ?

— C'est Conrad...

— Il était toujours gai ?

— Non... Dès qu'on a été dehors, j'ai vu qu'il devenait triste... »

Les tas de bois étaient déjà atteints.

« Descendons... Il était amoureux ?...

— Oui et non... Il était triste... Je crois que c'est à cause du cognac... D'abord, cela lui avait donné de la gaieté... Il m'a prise dans ses bras, ici... Il m'a dit qu'il était très malheureux, que j'étais une bonne petite fille... Oui, il a dit le mot... Que j'étais une bonne petite fille, mais que j'arrivais trop tard et que, si l'on ne prenait pas de précautions, cela finirait par un malheur...

— Les vélos ?...

— Nous les avions appuyés ici... Je sentais qu'il avait envie de pleurer... Je l'avais déjà vu comme ça, des soirs où il avait bu un verre... Il a ajouté qu'il était un homme, que pour lui ça n'avait pas d'importance, mais qu'une jeune fille comme moi ne devait pas jouer sa vie dans une aventure... Puis il jurait qu'il m'aimait bien, qu'il n'avait pas le droit de gâcher ma vie, que Barens était un brave garçon et que je finirais par être heureuse avec lui...

— Alors ?... »

Elle respira avec force. Elle éclata.

« J'ai crié qu'il était un lâche et j'ai voulu remonter sur mon vélo...

— Qu'est-ce qu'il a fait ?

— Il tenait le guidon... Il essayait de m'empêcher de partir... Il disait : « Laisse-moi t'expliquer... Ce n'est pas pour moi... C'est... »

— Qu'a-t-il expliqué ?...

— Rien ! Parce que je lui ai déclaré que s'il ne

me lâchait pas j'allais crier... Il a lâché... J'ai
pédalé... Il m'a suivie, en parlant toujours... Mais
je roulais plus vite... Je n'entendais que :
« Beetje !... Beetje !... Écoute un moment... »

— C'est tout ?

— Quand il a vu que j'arrivais à la barrière de
la ferme, il a fait demi-tour... Je me suis retour-
née... Je l'ai aperçu, penché sur sa bicyclette, fort
triste...

— Et vous avez couru après lui ?...

— Non !... Je le détestais, parce qu'il voulait
me faire épouser Barens... Il voulait être tran-
quille, n'est-ce pas ?... Seulement, au moment de
pousser la porte, je me suis aperçue que je n'avais
plus mon écharpe... On pouvait la retrouver... Je
suis partie la rechercher... Je n'ai rencontré
personne... Mais, quand je suis enfin rentrée à la
maison, mon père n'était pas là... Il est revenu
plus tard... Il ne m'a pas dit bonsoir... Il était
pâle, l'œil méchant... J'ai pensé qu'il nous avait
guettés et qu'il était peut-être caché derrière le tas
de bois...

« Le lendemain, il a dû fouiller ma chambre...
Il a trouvé les lettres de Conrad, car je ne les ai pas
revues... Puis il m'a enfermée.

— Venez !

— Où ?... »

Il ne répondit même pas. Il roula vers la maison
des Popinga. Il y avait de la lumière à la fenêtre de
Mme Popinga, mais on n'apercevait pas celle-ci.

« Vous croyez que c'est elle ? »

Le commissaire grommelait à part lui :

« Il est revenu comme ceci, inquiet... Il est descendu de machine, sans doute à cet endroit... Il a contourné la maison en tenant son vélo par le guidon... Il sentait sa quiétude menacée, mais il était incapable de fuir avec sa maîtresse... »

Et, soudain impératif :

« Restez là, Beetje. »

Il conduisit le vélo le long de l'allée qui suivait le bâtiment. Il entra dans la cour, se dirigea vers le hangar où le canot verni dessinait un long fuseau.

La fenêtre de Jean Duclos était éclairée. On devinait le professeur assis devant une petite table. A deux mètres, la fenêtre de la salle de bains, entrouverte, mais dans l'ombre.

« Il ne devait pas être pressé de rentrer..., monologua encore Maigret. Il s'est penché, comme ceci pour glisser le vélo sous le toit... »

Il chipotait. Il avait l'air d'attendre quelque chose. Et il se passa quelque chose, en effet, mais quelque chose de saugrenu : un tout petit bruit là-haut, à la fenêtre de la salle de bains, un bruit métallique, le déclic d'un revolver non chargé.

Puis aussitôt une rumeur de combat singulier, la chute de deux corps sur le sol.

Maigret entra dans la maison par la cuisine, monta vivement au premier étage, poussa la porte de la salle de bains et tourna le commutateur électrique.

Deux corps gigotaient par terre : celui de

l'inspecteur Pijpekamp et celui de Barens qui, le premier, s'immobilisa tandis que sa main droite, en s'ouvrant, lâchait le revolver.

11

LA FENÊTRE ÉCLAIRÉE

« **I**MBÉCILE !... »

Ce fut le premier mot de Maigret, qui ramassa Barens, dans toute l'acception du mot, le mit debout, le soutint un instant, car sans cela le jeune homme fût sans doute tombé à nouveau. Des portes s'ouvraient. Maigret tonna :

« Que tout le monde descende ! »

Il avait le revolver à la main. Il le maniait sans précaution, car c'était lui qui avait mis à la place des balles originales des cartouches sans poudre.

Pijpekamp brossait son veston poussiéreux du revers de la main. Jean Duclos questionnait et désignant Barens :

« C'est lui ?... »

Le jeune élève de l'École navale était piteux, non comme un grand coupable, mais comme un écolier pris en faute. Il n'osait regarder personne. Il ne savait que faire de ses mains, de son regard.

Maigret alluma les lampes du salon. Any y entra la dernière. Mme Popinga refusa de s'asseoir et l'on devinait sous la robe que ses genoux tremblaient.

Alors, pour la première fois, on vit le commissaire embarrassé. Il bourra une pipe, l'alluma, la laissa éteindre, s'assit dans un fauteuil, mais se leva aussitôt.

« Je me suis mêlé à une affaire qui ne me regardait pas ! dit-il très vite. Un Français était soupçonné et l'on m'a envoyé pour éclaircir l'affaire... »

Il ralluma sa pipe, pour se donner le temps de réfléchir. Il se tourna vers Pijpekamp.

« Beetje est dehors, ainsi que son père et Oosting... Il faut leur dire de rentrer chez eux, ou d'entrer... Cela dépend... Est-ce que vous voulez qu'on sache la vérité ?... »

L'inspecteur se dirigea vers la porte. Quelques instants plus tard, Beetje entrait, humble et timide, puis Oosting, le front têtu, enfin, en même temps que Pijpekamp, un Liewens blême et farouche.

Alors on vit Maigret ouvrir la porte de la salle à manger. On l'entendit tripoter dans une armoire. Quand il revint, il tenait à la main une bouteille de cognac et un verre.

Il but tout seul. Il était maussade. Tout le monde était debout autour de lui et il semblait intimidé.

« Vous voulez savoir, Pijpekamp ? »

Et, brutalement :

« Tant pis, n'est-ce pas ?... Oui ! tant pis si

votre méthode est la bonne !... Nous sommes de
pays différents, de races différentes... Et les
climats sont différents... Quand vous avez flairé
un drame de famille, vous avez sauté sur le
premier témoignage vous permettant de classer
l'affaire... Crime d'un matelot étranger !... C'est
peut-être préférable pour la santé publique... Pas
de scandale !... Pas de mauvais exemple donné par
la bourgeoisie au peuple !... Seulement, moi, je
revois toujours Popinga, ici même, faisant de la
T.S.F. et dansant sous les yeux de l'assassin... »

Il grogna, sans regarder personne :

« Le revolver a été retrouvé dans la salle de
bains... Donc, le coup de feu est parti de l'intérieur. Car c'est idiot de croire que le coupable, son
crime accompli, a eu la présence d'esprit de viser
une fenêtre entrouverte pour lancer son arme...
Et surtout d'aller mettre une casquette dans une
baignoire, un bout de cigare dans la salle à
manger !... »

Il se mit à marcher de long en large, en évitant
toujours de regarder ses interlocuteurs. Oosting et
Liewens, qui ne le comprenaient pas, le regardaient intensément, pour deviner le sens de son
discours.

« Cette casquette, ce bout de cigare, et enfin
l'arme prise dans la table de nuit de Popinga lui-
même, c'était trop... Vous comprenez ?... On
voulait trop prouver... On voulait trop brouiller
les cartes... Un Oosting ou n'importe qui venu du

dehors eût peut-être laissé la moitié de ces indices, mais pas tout !...

« Donc, préméditation... Donc, volonté d'échapper au châtiment...

« Il ne reste qu'à procéder par élimination... Le Baes est éliminé le premier... Quelle raison d'entrer dans la salle à manger d'abord, d'y laisser un cigare, de monter dans la chambre chercher le revolver et enfin de laisser sa casquette dans la baignoire ?...

« Puis c'est Beetje qui est écartée, Beetje qui, au cours de la soirée, n'est pas allée au premier étage, n'a pu y déposer la casquette et n'a même pas pu la voler à bord, puisqu'elle marchait côte à côte avec Popinga...

« Son père aurait pu tuer, après l'avoir surprise avec son amant... Mais, à cet instant, il était trop tard pour monter dans la salle de bains...

« Reste Barens... Il n'est pas allé là-haut davantage... Il n'a pas volé la casquette... Il était jaloux de son professeur, mais, une heure plus tôt, il n'avait encore aucune certitude... »

Maigret se tut, vida sa pipe en la frappant contre son talon, sans souci du tapis.

« C'est à peu près tout. Il nous reste le choix entre Mme Popinga, Any et Jean Duclos. Aucune preuve contre l'un des trois. Mais aucune impossibilité matérielle non plus. Jean Duclos est sorti de la salle de bains avec le revolver à la main. On peut prendre cela comme un gage de son innocence... Pourtant, comme il marchait, en revenant de la ville, avec Mme Popinga, il n'a pas pu voler la casquette... Et Mme Popinga, qui était avec lui, n'a pas pu le faire davantage...

« La casquette ne pouvait être volée que par le dernier groupe : Barens ou Any... Et tout à l'heure il a été démontré qu'Any était restée seule un moment en face du bateau d'Oosting...

« Je ne parle pas du cigare... Il suffit de se baisser, n'importe où, pour cueillir un vieux mégot...

« De tous ceux qui étaient ici le soir du crime, Any est la seule à être restée là-haut sans témoin, à avoir pénétré en outre dans la salle à manger...

« Mais elle avait, quant au crime, le meilleur des alibis... »

Et Maigret, le regard toujours fuyant, évitant de fixer ses interlocuteurs, mit sur la table le plan des lieux dressé par Duclos.

« Any ne peut gagner la salle de bains qu'en passant par la chambre de sa sœur ou par celle du Français. Un quart d'heure avant le meurtre, elle est chez elle... Comment ira-t-elle dans la salle de bains ?... *Comment a-t-elle la certitude de passer, le moment venu, par une des deux chambres ?...* N'oubliez pas qu'elle a étudié, non seulement le droit, mais les ouvrages de police scientifique... Elle en a discuté avec Duclos. Ils ont parlé ensemble de la possibilité du crime mathématiquement impuni... »

Any, toute droite, était exsangue, gardait pourtant son sang-froid.

« Il faut que je fasse une parenthèse. Je suis le seul ici à n'avoir pas connu Popinga. J'ai dû me faire une idée de lui d'après des témoignages... Il avait soif de jouissances autant qu'il était timide devant les responsabilités et surtout devant les principes établis... Il a caressé Beetje, un jour de gaieté... Et elle est devenue sa maîtresse... Surtout parce qu'elle l'a voulu !... J'ai interrogé la domestique, tout à l'heure... Il l'a caressée aussi, comme ça, en passant... Mais il n'a pas été plus loin, parce qu'il n'y a pas été particulièrement encouragé...

« Autrement dit, il a envie de toutes les femmes... Il commet de petites imprudences... Il vole un baiser, une caresse... Mais il tient avant tout à sa sécurité...

« Il a été capitaine au long cours... Il a connu le charme des escales sans lendemain... Mais il est fonctionnaire de Sa Majesté et il tient à sa place comme il tient à sa maison, à son foyer, à sa femme...

« C'est un compromis d'appétits et de refoulements, de folie et de sagesse !...

« A dix-huit ans, Beetje ne l'a pas compris et a cru qu'il s'enfuirait avec elle...

« Any vit dans son intimité... Qu'importe qu'elle ne soit pas jolie ?... C'est une femme... C'est le mystère... Un jour... »

Le silence, autour de lui, était pénible.

« Je ne prétends pas qu'il soit son amant... Mais, avec elle aussi, il a été imprudent... Elle l'a cru... Elle s'est prise de passion pour lui... D'une passion moins aveugle que celle de Mme Popinga...

« Ils ont vécu ainsi tous trois... Mme Popinga confiante... Any plus renfermée, plus passionnée, plus jalouse, plus subtile...

« Elle a deviné, elle, ses relations avec Beetje... Elle a senti l'ennemie... Peut-être a-t-elle cherché, a-t-elle trouvé les lettres...

« Elle acceptait le partage avec sa sœur... Elle ne pouvait accepter cette belle fille saine et jeune avec qui il était question de fuir...

« Elle a décidé de tuer... »

Et Maigret de conclure :

« C'est tout ! Un amour qui se mue en haine ! Un amour-haine ! Un sentiment complexe, farouche, capable de tout inspirer... Elle a décidé de tuer... Elle l'a décidé froidement. De tuer sans donner prise à la moindre accusation !...

« Et le professeur, ce soir-là, a parlé des crimes impunis, des assassins scientifiques...

« Elle est aussi fière de son intelligence que passionnée... Elle a commis le beau crime... Un crime qui devait fatalement être mis sur le compte d'un rôdeur...

« La casquette... Le cigare... Et l'alibi irréfutable : elle ne pouvait sortir de sa chambre pour tuer sans passer par la chambre de sa sœur ou par celle du Français...

« Pendant la conférence, elle a vu des mains qui

se cherchaient... En chemin, Popinga a marché avec Beetje... Ils ont bu et ils ont dansé... Ils sont partis ensemble, en vélo...

« Il ne restait qu'à immobiliser Mme Popinga à sa fenêtre, qu'à insinuer le soupçon en elle...

« Et tandis qu'on la croyait dans sa chambre, elle a pu passer, déjà en combinaison, derrière son dos... Tout était prévu... Elle a gagné la salle de bains... Elle a tiré... Le couvercle de la baignoire était ouvert... La casquette s'y trouvait... Elle n'avait qu'à s'y glisser...

« Après le coup de feu, Duclos est entré, a trouvé l'arme sur l'appui de fenêtre, est sorti précipitamment et, rencontrant Mme Popinga sur le palier, est descendu avec elle...

« Any, déjà prête, déjà à demi dévêtue, les a suivis... Qui pouvait soupçonner qu'elle ne sortait pas de sa chambre, qu'elle n'était pas affolée, elle dont la pruderie était légendaire et qui se montrait dans cette tenue ?...

« Pas de pitié ! Pas de remords ! Ces haines amoureuses éteignent tous les autres sentiments. La volonté de vaincre, seulement !...

« Oosting, qui avait vu voler la casquette, s'est tu... A la fois son respect pour le mort et son amour de l'ordre !... Il ne fallait pas de scandale autour du décès de Popinga... Il a même dicté à Barens une déposition laissant croire à un crime crapuleux commis par un matelot inconnu...

« Liewens, qui a vu sa fille revenir vers la maison après que Popinga l'eut reconduite et qui, le lendemain, a lu les lettres, a cru à la culpabilité de Beetje, l'a enfermée, s'est obstiné à découvrir la vérité…

« Supposant que j'allais l'arrêter, tout à l'heure, il a essayé de se tuer…

« Et Barens enfin… Barens soupçonnant tout le monde, se débattant contre le mystère et se sentant soupçonné lui-même…

« Barens qui avait vu Mme Popinga à sa fenêtre… N'était-ce pas elle qui avait tiré après avoir découvert qu'elle était trompée ?…

« Il a été reçu ici comme un enfant de la maison… Orphelin, il a trouvé en elle une nouvelle maman…

« Il a voulu se dévouer… Il a voulu la sauver… On l'avait oublié dans la distribution des rôles… Il est allé chercher le revolver… Il a gagné la salle de bains. Il a voulu tirer… *Tuer le seul homme qui savait et sans doute se tuer ensuite !*…

« Un pauvre gosse héroïque… De la générosité comme on n'en a qu'à dix-huit ans !…

« C'est tout !… A quelle heure y a-t-il un train pour la France ?… »

★ ★ ★

Pas un mot. Des gens raidis par la stupeur, par l'angoisse, par la peur ou par l'horreur. Enfin Jean Duclos prononça :

« Vous voilà bien avancé… »

Cependant Mme Popinga sortait, d'une démarche d'automate, et quelques instants plus tard on la trouvait étendue sur son lit, en proie à une crise cardiaque.

Any n'avait pas bougé. Pijpekamp tenta de la faire parler :

« Vous avez quelque chose à répondre ?

— Je parlerai en présence du juge d'instruction. »

Elle était toute pâle. Le cerne de ses yeux mangeait la moitié des joues.

Il n'y avait qu'Oosting à être calme, mais à regarder Maigret avec des yeux pleins de reproche.

Et le fait est qu'à cinq heures cinq du matin le commissaire, tout seul, prenait le train à la petite gare de Delfzijl. Personne ne l'avait accompagné. Personne ne l'avait remercié. Jusqu'à Duclos qui avait prétendu qu'il ne pouvait prendre que le train suivant !

Le jour se leva comme le train traversait un pont, sur un canal. Des bateaux attendaient, voiles molles. Un fonctionnaire était prêt à faire pivoter le pont dès le passage du convoi.

Ce ne fut que deux ans plus tard que le commissaire rencontra à Paris Beetje, qui était devenue la femme d'un dépositaire de lampes électriques hollandaises et qui avait engraissé. Elle rougit en le reconnaissant.

Elle lui annonça qu'elle avait deux enfants, mais lui laissa entendre que son mari lui faisait une vie médiocre.

« Any ?... lui demanda-t-il.

— Vous ne savez pas ?... Tous les journaux de Hollande en ont parlé... Elle s'est tuée, avec une fourchette, le jour du procès, quelques minutes avant de paraître devant le tribunal... »

Et elle ajouta :

« Vous viendrez nous voir... Avenue Victor-Hugo, au 28... Ne tardez pas trop, car nous partons la semaine prochaine aux sports d'hiver, en Suisse... »

Ce jour-là, à la Police judiciaire, il trouva le moyen d'engueuler tous ses inspecteurs.

TABLE DES MATIÈRES

OUVRAGES DE GEORGES SIMENON

AUX PRESSES DE LA CITÉ (suite)

« TRIO »

I. — La neige était sale — Le destin des Malou — Au bout du rouleau

II. — Trois chambres à Manhattan — Lettre à mon juge — Tante Jeanne

III. — Une vie comme neuve — Le temps d'Anaïs — La fuite de Monsieur Monde

IV. — Un nouveau dans la ville — Le passager clandestin — La fenêtre des Rouet

V. — Pedigree

VI. — Marie qui louche — Les fantômes du chapelier — Les quatre jours du pauvre homme

VII. — Les frères Rico — La jument perdue — Le fond de la bouteille

VIII. — L'enterrement de M. Bouvet — Le grand Bob — Antoine et Julie

PRESSES POCKET

Monsieur Gallet, décédé
Le pendu de Saint-Pholien
Le charretier de la Providence
Le chien jaune
Pietr-le-Letton
La nuit du carrefour
Un crime en Hollande
Au rendez-vous des Terre-Neuvas
La tête d'un homme

La danseuse du gai moulin
Le relais d'Alsace
La guinguette à deux sous
L'ombre chinoise
Chez les Flamands
L'affaire Saint-Fiacre
Maigret
Le fou de Bergerac
Le port des brumes
Le passager du « Polarlys »
Liberty Bar

Les 13 coupables
Les 13 énigmes
Les 13 mystères
Les fiançailles de M. Hire
Le coup de lune
La maison du canal
L'écluse n° 1
Les gens d'en face
L'âne rouge
Le haut mal
L'homme de Londres

★ A LA N.R.F.

Les Pitard
L'homme qui regardait passer les trains
Le bourgmestre de Furnes
Le petit docteur
Maigret revient

La vérité sur Bébé Donge
Les dossiers de l'Agence O
Le bateau d'Émile
Signé Picpus

Les nouvelles enquêtes de Maigret
Les sept minutes
Le cercle des Mahé
Le bilan Malétras

ÉDITION COLLECTIVE SOUS COUVERTURE VERTE

I. — La veuve Couderc — Les demoiselles de Concarneau — Le coup de vague — Le fils Cardinaud

II. — L'Outlaw — Cour d'assises — Il pleut, bergère... — Bergelon

III. — Les clients d'Avrenos — Quartier nègre — 45° à l'ombre

IV. — Le voyageur de la Toussaint — L'assassin — Malempin

V. — Long cours — L'évadé

VI. — Chez Krull — Le suspect — Faubourg

VII. — L'aîné des Ferchaux — Les trois crimes de mes amis

VIII. — Le blanc à lunettes — La maison des sept jeunes filles — Oncle Charles s'est enfermé

IX. — Ceux de la soif — Le cheval blanc — Les inconnus dans la maison

X. — Les noces de Poitiers — Le rapport du gendarme G. 7

XI. — Chemin sans issue — Les rescapés du « Télémaque » — Touristes de bananes

XII. — Les sœurs Lacroix — La mauvaise étoile — Les suicidés

XIII. — Le locataire — Monsieur La Souris — La Marie du Port

XIV. — Le testament Donadieu — Le châle de Marie Dudon — Le clan des Ostendais

SÉRIE POURPRE

Le voyageur de la Toussaint   La maison du canal   La Marie du port

Achevé d'imprimer en mars 1982
sur les presses de l'Imprimerie Bussière
à Saint-Amand (Cher)

Presses
Pocket

Presses
Pocket
8 rue Garancière
75006 Paris
tél. 329 12 80

— N° d'édit. 1134. — N° d'imp. 794. —
Dépôt légal : 4ᵉ trimestre 1976.
Imprimé en France